Michael Kerawalla

Die Katzenmädchen-Affäre

Michael Kerawalla

Die Katzenmädchen-Affäre

 tredition

Druck und Distribution im Auftrag des Autors:
tredition GmbH, Heinz-Beusen-Stieg 5, 22926 Ahrensburg, Germany

Das Werk, einschließlich seiner Teile, ist urheberrechtlich geschützt. Für die Inhalte ist der Autor verantwortlich. Jede Verwertung ist ohne seine Zustimmung unzulässig. Die Publikation und Verbreitung erfolgen im Auftrag des Autors, zu erreichen unter: tredition GmbH, Abteilung "Impressumservice", Heinz-Beusen-Stieg 5, 22926 Ahrensburg, Deutschland.

Print ISBN: 978-3-3843-5012-1
E-Book ISBN: 978-3-3843-5013-8

Für alle gemarterten Seelen

Inhalt

Die Frau im Müll

»So, nur noch den Müll runterbringen, dann ist die Hausarbeit erledigt«, dachte Andy erfreut. Der Informatikstudent hatte an diesem Freitag nur morgens Lesungen, was ihm ermöglichte, am Nachmittag einzukaufen und seine Wohnung zu putzen. Außerdem war es der letzte Tag vor den Semesterferien, so dass Andy in den nächsten Wochen endlich wieder einmal Zeit für sich, seine Hobbys und seine Freunde hatte. Inzwischen war es Abend geworden und die Sonne war bereits untergegangen, weshalb der junge Mann zum Abfallcontainer eilte, bevor es ganz dunkel wurde. Als er dort ankam, blieb er ruckartig stehen und verzog angewidert das Gesicht. Der Container war wieder einmal nicht rechtzeitig geleert worden, weshalb er inzwischen übervoll war und zahlreiche Müllbeutel um ihn herumstanden, die einen ziemlich unangenehmen Geruch von sich gaben. *»Na klasse!«*, dachte Andy verärgert und stellte seinen Müll dazu. Dann erschrak er, denn im Schein der Laternen, welche das Grundstück erhellten, sah er plötzlich eine menschliche Hand zwischen den Müllbeuteln herausschauen. Zuerst dachte der junge Mann an eine Sinnestäuschung, doch da war wirklich eine Hand zu sehen! Rasch ergriff Andy die Müllbeutel und räumte sie beiseite, wodurch eine magere, unbekleidete Frau im Alter von etwa zwanzig Jahren sichtbar wurde, was den jungen Mann noch mehr erschreckte! Wie kam sie hierher? Wurde sie etwa ermordet und hier abgelegt? Da sah Andy, dass die junge Frau noch atmete, denn durch die Kälte stiegen immer wieder kleine Dampfschwaden aus ihrem Mund und ihr Brustkorb hob und senkte sich regelmäßig! Wenigstens war sie am Leben! Aber was sollte er jetzt tun? Das war eigentlich ein Fall für die Polizei! Da bemerkte der junge Mann etwas Seltsames! Die junge Frau hatte anstatt normaler, menschlicher Ohren Katzen-ohren oben auf ihrem Kopf! Wie war das möglich? So etwas gab es doch normalerweise gar nicht! War sie das Ergebnis von

verrückten Wissenschaftlern? War sie aus irgendeinem geheimen Labor ausgebrochen? Oder war sie sogar eine Außerirdische? Andy schwirrte der Kopf, doch er musste schnellstens etwas tun, denn sonst würde die nackte Frau hier draußen bei diesen Temperaturen schon bald erfrieren! Die Polizei war sicher keine gute Lösung, denn die würde die Frau mit den Katzenohren bestimmt in irgendein Forschungsinstitut bringen! Das sagte ihm zumindest sein Gefühl, weshalb der junge Mann kurzerhand die Frau auf seine Arme nahm und sich beeilte, in seine Wohnung zurückzukehren. Sie war überraschend leicht und recht klein, so dass Andy sie mühelos tragen konnte. Die Rollläden an sämtlichen Fenstern waren bereits geschlossen, wodurch niemand den Studenten mit der Katzenfrau sah. An seiner Haustüre musste Andy die Beine der bewusstlosen Frau loslassen, hielt aber ihren Oberkörper fest, während er nach dem Schlüssel griff und die Türe öffnete. Als er drinnen das Licht anmachte, erschrak er ein weiteres Mal. Die magere Frau war nicht nur schmutzig und roch nach Abfall, sondern ihr ganzer Körper war mit blauen Flecken und Striemen übersät! Außerdem war sie stark unterkühlt, weshalb der junge Mann die Katzenfrau rasch ins Badezimmer trug und vorsichtig in die Wanne legte. Sie war immer noch bewusstlos, während Andy das warme Wasser aufdrehte und die Frau damit behutsam abduschte, um sie aufzuwärmen. Das schien ihre Lebensgeister zu wecken, denn kurze Zeit später erwachte die Katzenfrau, starrte erschrocken auf Andy, zog die Beine an, umschlang ihren Oberkörper mit den Armen und drückte sich ängstlich gegen die Wand der Badewanne, wobei sie zu zittern begann. »Keine Angst, ich tue dir nichts«, sagte Andy beruhigend und machte eine beschwichtigende Geste, aber die Frau sah ihn nur weiter ängstlich an.

»Wer bist du ... und wo Peggy hier seien?«, fragte die Katzenfrau mit erstaunlich kindlicher Stimme.

Der junge Mann drehte das Wasser ab, damit die Frau ihn besser verstehen konnte.

»Mein Name ist Andy. Ich habe dich unten, zwischen den Abfall-
säcken gefunden. Du warst bewusstlos und halb erfroren, weshalb
ich dich in meine Wohnung mitgenommen habe, um dich zu wärmen.
Du brauchst keine Angst zu haben. Ich tue dir nichts zuleide. Ich
will dich nur aufwärmen und waschen. Ist das in Ordnung?«

Die Katzenfrau beruhigte sich und die Angst wich allmählich aus
ihrem Blick. Schließlich nickte sie zustimmend und streckte sich
wieder in der Badewanne aus. Dass sie gänzlich nackt war, schien
ihr nichts auszumachen. Andy schaltete das warme Wasser wieder
an und brauste damit die Katzenfrau ab, die dabei öfter genießerisch
die Augen schloss.

»Dann heißt du Peggy?«, fragte Andy, worauf die Katzenfrau
nickte. Als sie nach einiger Zeit wieder sauber und aufgewärmt war,
legte sie die Hände zusammen, fing etwas Wasser aus der Dusche
auf und trank es. Anscheinend hatte sie großen Durst, weshalb Andy
das Wasser direkt in ihre Hände laufen ließ, das Peggy daraus
genüsslich schlürfte. Schließlich bedankte sich die Katzenfrau müde
und gähnte herzhaft. Andy stellte das Wasser ab und wollte Peggy
aufhelfen, doch sie hatte kaum Kraft zum Aufstehen, weshalb er
sie aus der Wanne hob, auf einen Hocker setzte und sie abtrocknete,
was sie sich dankbar gefallen ließ. Die junge Frau war so müde,
dass sie sich kaum aufrecht halten konnte, weshalb Andy sie ins
Schlafzimmer trug, auf sein Bett setzte und dann im Schrank nach
einem Kleidungsstück für sie suchte. Als er ihr ein T-Shirt hinhielt,
sah sie ihn verwundert an. »Hier, das kannst du heute Nacht anziehen.«

»Peggy das nicht brauchen. Peggy hat nie Kleidung getragen«,
war ihre überraschende Antwort.

Andy sah sie verdutzt an. »Du bist immer nackt gewesen?«, fragte
er ungläubig, worauf Peggy bestätigend nickte und dann abermals
gähnte. »Äh, na gut, dann schläfst du eben ohne Kleidung«, bemerkte
der junge Mann verwirrt, deponierte das T-Shirt wieder im Schrank,
schlug die Decke beiseite und legte Peggy in sein Bett. Sie warf

ihm noch einen dankbaren Blick zu, dann war sie auch schon eingeschlafen. Der Student stand darauf erst einmal ratlos am Kopfende des Bettes und betrachtete die schlafende Frau nachdenklich. Was war da gerade passiert? Eigentlich hatte er sich nach dem Hausputz auf einen angenehmen Abend gefreut, und jetzt lag da eine mädchenhafte, geschundene Frau mit Katzenohren in seinem Bett! Ihre zahlreichen Blutergüsse und Striemen wiesen deutlich darauf hin, dass sie längere Zeit misshandelt wurde. Anscheinend hatte sie auch viel zu wenig zu Essen bekommen, so mager und schwach wie sie war! Ihr Anblick war erbarmenswert. Was hatte man dieser Frau nur angetan? Wo kam sie her und wer hatte sie so zugerichtet? Wer war so grausam und rücksichtslos zu ihr gewesen? Andy konnte es nicht fassen, während sein Mitgefühl für Peggy immer größer wurde. Irgendwie musste er sich jetzt erst einmal um sie kümmern, sie pflegen, gut versorgen und wieder aufpäppeln. Vielleicht würde Peggy dann bald von selbst erzählen, wer sie war und was sie erlebte. Reichlich durcheinander schlich er auf Zehenspitzen zur Tür und verließ das Schlafzimmer. Was sollte er jetzt tun? Sollte er doch noch die Polizei rufen? Aber es widerstrebte ihm, Peggy einfach den Beamten zu übergeben. Irgendwie hatte er das Gefühl, dass dies nicht die richtige Lösung war! Vielleicht hatte seine Kommilitonin Tanja eine Idee, was man tun könnte. Sie hatte ihn schon seit Beginn des Studiums unterstützt und kannte sehr viele Leute. Außerdem wohnte sie nur zwei Stockwerke unter ihm. Wenn er Glück hatte, war sie noch zuhause und konnte ihn heute Abend besuchen. Schon griff er nach seinem Pocket-com, zögerte dann jedoch, bevor er Tanjas Nummer wählte. Natürlich würde sie ihm raten, die Polizei zu rufen, weil sie Peggys Besonderheit, nämlich ihre Katzenohren, nicht kannte. Andy wollte Tanja jedoch auch nicht in sein Schlafzimmer führen, um ihr Peggy zu zeigen. Also ging er nochmals so leise wie möglich in den Nebenraum und fotografierte den Kopf der schlafenden Katzenfrau. Peggy lag immer noch unbedeckt auf seinem Bett, weshalb Andy sie behutsam zudeckte und sich dann wieder aus dem Zimmer schlich. Danach rief er seine Kommilitonin an.

»Hallo Andy«, meldete sich Tanja erfreut.

»Hallo Tanja, hast du heute Abend kurz Zeit für mich? Ich bräuchte deine Hilfe.«

»Kein Problem, ich habe heute noch nichts vor. Um was geht's denn?«, wollte Tanja wissen.

»Kann ich dir am Telefon schlecht sagen. Kannst du zu mir kommen?«, fragte Andy.

Tanja zögerte kurz. »Na gut«, willigte sie schließlich ein. »Bin gleich bei dir.«

»Prima!«, rief Andy erfreut. »Benutze aber bitte nicht die Klingel, sondern klopf an die Türe.«

»Warum soll ich denn nicht klingeln?«, fragte Tanja verwundert.

Jetzt zögerte Andy, weil er nicht wusste, wie er das seiner Kommilitonin erklären sollte. »Wirst du dann schon sehen«, antwortete er ausweichend.

»Jetzt machst du mich aber echt neugierig! Also gut, bis gleich!«

»Bis gleich«, beendete Andy das Gespräch. Wenige Minuten später klopfte es an seiner Wohnungstür. Der junge Mann ließ Tanja herein und bat sie, Platz zu nehmen.

»Also, was ist los?«, wollte sie wissen.

»Als ich vorhin den Abfall runterbrachte, habe ich zwischen den Müllbeuteln eine junge, ohnmächtige Frau gefunden. Weil sie völlig unterkühlt war, habe ich sie in meine Wohnung getragen, sie gewaschen und aufgewärmt. Jetzt schläft sie drüben in meinem Bett«, erklärte Andy.

»Hä, was!«, rief Tanja. »Du hast sie mitgenommen? Spinnst du? Warum hast du denn nicht die Polizei gerufen?«

Andy aktivierte sein Pocket-com und zeigte ihr das Foto von Peggys Kopf. »Deshalb!«

Tanja stutzte beim Anblick des Fotos. »Ist das der Kopf von der Frau?«, fragte sie ungläubig, worauf Andy bestätigend nickte. »Ist das eine Verkleidung oder eine Maske?«

»Nein, so sieht sie wirklich aus. Sie hat tatsächlich Katzenohren!«, versicherte der Student.

»Echt jetzt?«, fragte Tanja verdattert.

»Ja, wirklich!«, bekräftigte Andy.

»Du verarschst mich doch«, meinte Tanja ungläubig.

»Nein, tue ich nicht!«, antwortete Andy genervt. »Sie heißt Peggy und ist eine junge Frau mit Katzenohren!«

»Ach, sprechen kann sie auch?«, fragte Tanja bissig.

»Natürlich kann sie sprechen!«, sagte Andy mühsam beherrscht. »Außer, dass sie Katzenohren hat, ist sie eine ganz normale Frau. Sie hat auch keine Reißzähne, keine ausfahrbaren Krallen und auch keinen Schwanz!«

»Und sie liegt jetzt gerade in deinem Bett!«, bemerkte Tanja.

»Ja, tut sie, habe ich doch schon gesagt!«, bestätigte Andy verärgert.

»Das glaube ich erst, wenn ich sie sehe«, sagte Tanja herausfordernd.

»Warum glaubst du mir nicht?«, fragte Andy gereizt.

»Weil das alles total bescheuert klingt!«, sagte Tanja abfällig.

Andy sah seine Kommilitonin verstimmt an und erhob sich. »Na gut, dann schau eben selbst nach.« Er öffnete leise die Schlafzimmertüre. Da war Tanja schon an ihm vorbeigeschlüpft, bevor der Student es verhindern konnte. Sie beugte sich über Peggy, die zum Glück immer noch schlief, und sah sie abschätzend an. Darauf verließen beide das Zimmer und nahmen wieder Platz. »Bist du jetzt überzeugt?«, fragte Andy genervt.

»Die hat ja echt Katzenohren! Und nackt ist sie auch. Ich wette, das kam dir sehr gelegen!«

Nun riss Andy endgültig der Geduldsfaden. »Sag mal, was soll das? Ich bitte dich um Hilfe, und du behandelst mich wie ein perverses Arschloch! Glaubst du wirklich, ich habe sie nur mitgenommen, weil sie nackt und hilflos ist und ich nur Sex mit ihr haben will? Hältst du mich echt für einen solchen Widerling? Wenn das so ist und du mich nur beleidigen willst, ist es besser, wenn du wieder gehst! Dann will ich aber zukünftig nichts mehr mit dir zu tun haben!«

Tanja sah ihn zuerst erschrocken an, senkte dann aber verschämt den Blick. »T ... tut ... mir leid. Ich glaube, ich habe mich gerade ziemlich blöd benommen.«

»Allerdings«, bestätigte Andy säuerlich. »Ich wollte doch nur wissen, ob du mir hilfst, und ob du mir vielleicht etwas Kleidung für sie borgen kannst. Ich will Peggy nicht einfach der Polizei übergeben. Die bringen sie eventuell in irgendein Forschungsinstitut, wo sie wie ein Versuchstier behandelt wird. Außerdem wurde sie vorher misshandelt. Ihr ganzer Körper ist mit blauen Flecken und Striemen übersät! Dazu ist sie auch noch unterernährt und ziemlich schwach. Ich will mich doch nur erst einmal um sie kümmern und sie gesund pflegen. Vielleicht verrät sie mir dann auch, wo sie herkommt und was ihr passiert ist. Ich will sie bestimmt nicht als mein Sexspielzeug missbrauchen. Das haben sicher schon Andere getan und noch viel schlimmere Sachen! Sonst wäre sie nicht in diesem bedauernswerten Zustand! Kapierst du das?«

»Ja, natürlich verstehe ich«, antwortete Tanja schamvoll und gleichzeitig gerührt. »Wie gesagt, es tut mir leid, bitte entschuldige.«

Andy warf ihr einen mahnenden Blick zu. »Na gut, Entschuldigung angenommen.«

Tanja sah ihn dankbar an. »Was die Klamotten betrifft, kann ich dir tatsächlich aushelfen. Vor zwei Jahren ist eine Mitbewohnerin von mir ausgezogen, weil sie auf eine andere Uni gehen wollte. Sie hat mir damals etliche Kleidungsstücke geschenkt, die sie nicht mehr brauchte, aber die sind mir zu eng. Kannst sie gerne haben.«

»Danke! Das wäre klasse!«, sagte Andy erfreut. »Sag mal, hast du noch Kontakt zu diesem Hacker?«

»Du meinst Cychros?«

»Ja, genau! Glaubst du, er wäre bereit, wegen der Katzenfrau zu recherchieren?«, fragte Andy.

»Ich denke schon, dass ihn so etwas interessiert. Werde mal nachfragen. Schick mir doch bitte das Foto von Peggys Kopf, damit ich es ihm zeigen kann«, meinte Tanja. Andy übertrug darauf das Foto auf Tanjas Pocket-com. »Danke! Ich sag dir Bescheid, sobald ich etwas von Cychros höre. Die Klamotten bringe ich dir gleich noch vorbei. Ich klopf dann nochmal an.«

»Danke! Ist in Ordnung.«

Tanja verließ darauf Andys Wohnung und kehrte kurze Zeit später mit der versprochenen Kleidung zurück.

»Danke für deine Hilfe!«

»Schon gut, mach' ich gerne.« Tanja senkte kurz verlegen den Blick. »Bitte entschuldige, dass ich vorhin so zickig und gemein war. Weiß auch nicht, was in mich gefahren ist.«

»Ist schon längst vergessen«, versicherte Andy freundlich. »Bitte erzähl vorerst keinem von Peggy.«

»Keine Sorge, das bleibt erst einmal unter uns«, versprach Tanja mit Verschwörermiene. »Dann noch gute Nacht.«

»Gute Nacht«, antwortete Andy und schloss die Wohnungstüre, nachdem Tanja gegangen war.

Die Studentin blickte noch kurz sehnsüchtig auf Andys geschlossene Türe. »*Du Idiotin! Jetzt hättest du fast alles kaputtgemacht! Bloß weil jetzt diese Katzenfrau anstatt du in seinem Bett liegt! Wenn ich mich doch nur endlich trauen würde, ihm zu sagen, wie sehr ich ihn mag! Ich muss es ihm echt bald sagen, sonst verknallt er sich noch in diese Peggy*«, dachte Tanja ängstlich. Dann drehte sie sich um und ging zurück in ihre Wohnung.

*

Weil Peggy in seinem Bett lag, musste Andy nun auf seiner Schlafcouch ruhen. Also entfernte er die Polster-Umrandung, entnahm ein Kissen und Deckbett aus dem Bettkasten, stellte die Schreibtischlampe auf den Wohnzimmertisch, erfrischte sich, löschte das Licht und legte sich auf die Couch. Darauf kehrten seine Gedanken zu Peggy zurück. Was war ihr nur passiert? Woher kam sie? Wie sollte es jetzt weitergehen? Suchte man sie? Würde er wegen ihr Ärger bekommen, oder sogar in Gefahr geraten? Alles Fragen, auf die es vorerst keine Antworten gab. Der junge Mann musste jetzt besonders vorsichtig sein, damit außer Tanja niemand von Peggys Anwesenheit erfuhr. Seine Kommilitonin war diesbezüglich verschwiegen. Darauf konnte er sich verlassen. Die meisten anderen Mitstudenten wollten über die Semesterferien entweder in Urlaub, oder nach Hause fahren, wodurch sie Andy in nächster Zeit in Ruhe ließen, was ihm nur recht war. So konnte er sich wenigstens ungestört um Peggy kümmern. Seinen Eltern hatte der junge Mann bereits eine Absage erteilt, weil es ihm zu Hause zu langweilig war, und seine große Schwester würde ihn dort auch nur ständig nerven. Urlaub mit den anderen Studenten war ihm zu anstrengend, denn das letzte Semester war sehr beschwerlich gewesen und hatte viel Kraft gekostet. Deshalb wollte der junge Mann diesmal die Ferien zur Erholung nutzen. Ob ihm das gelang, jetzt wo er sich um Peggy kümmern sollte, blieb abzuwarten. Irgendwie würde er schon klarkommen, dachte er sich, bevor er schließlich einschlief. Irgendwann in der Nacht schreckte er hoch, weil er ein Geräusch hörte, und schaltete die Schreibtischlampe an. Da sah er Peggy aus dem Schlafzimmer kommen, die sich geblendet eine Hand vor die Augen hielt.

»Entschuldigung! Peggy dich nicht wecken wollte. Aber Peggy muss auf die Toilette«, sagte die Katzenfrau verschämt.

»Schon in Ordnung«, beschwichtigte Andy, worauf Peggy in Richtung Badezimmer schwankte und sich kaum aufrecht halten konnte. »Warte, ich helfe dir«, sagte Andy, stand rasch auf und stützte Peggy, die ihm einen dankbaren Blick zuwarf. Er begleitete sie bis zum Bad und wartete, bis Peggy wieder heraus kam. Dann führte er sie zurück ins Schlafzimmer, wo er sie nochmals zudeckte, nachdem sie sich hingelegt hatte.

»Danke! Du sehr nett zu Peggy!«, worauf ihm die Katzenfrau freundlich zulächelte.

»Mach ich doch gerne«, sagte Andy ein wenig verlegen. »Schlaf gut.«

Die Katzenfrau warf ihm noch einen warmherzigen Blick zu, kuschelte sich in ihr Kissen, dann war sie auch schon wieder eingeschlafen.

Andy sah sie gerührt an. Wie niedlich sie doch aussah! Er hätte ihr am liebsten den Kopf gestreichelt, doch er wollte sie nicht aufwecken. So schlich er sich hinaus, schloss die Schlafzimmertüre, löschte das Licht und legte sich zurück auf die Couch. Peggy war wirklich sehr schwach, weshalb Andy sich vornahm, ihr morgen erst einmal ein kräftiges Essen zu servieren, damit sie wieder zu Kräften kam. Dank Tanja hatte er nun auch genug Kleidung für Peggy, an die sie sich sicher erst einmal gewöhnen musste, wenn sie tatsächlich zuvor nie Kleidung getragen hatte, wie sie behauptete. Aber das dürfte hoffentlich kein Problem sein, dachte sich der junge Mann, bevor er wieder einschlief.

*

Andy stand am nächsten Morgen bereits früh auf und kochte nach einem raschen Frühstück ein schmackhaftes Essen für Peggy. Kaum hatte er es fertig zubereitet, kam Peggy noch ein wenig verschlafen aus dem Nebenraum.

»Was riecht hier so gut?«, fragte die Katzenfrau verwundert.

»Ein Essen für dich«, antwortete Andy.

»Für mich?«, fragte Peggy überrascht, worauf Andy lächelnd nickte. »Willst du dir vorher noch etwas anziehen?«, erkundigte sich der Student. Wie erwartet schüttelte Peggy den Kopf. »Dann setz dich gleich an den Tisch«, forderte Andy die Katzenfrau auf, während er einen Teller, Besteck und ein Trinkglas vor sie auf den Tisch stellte. Peggy folgte der Aufforderung, wonach Andy ihren Teller füllte. Die Katzenfrau nahm den Löffel, indem sie dessen Stiel ungeschickt mit der Faust umschloss, und löffelte das Essen mit unglaublicher Geschwindigkeit in ihren Mund!

»Hey, schling nicht so, sonst bekommst du Bauschmerzen!«, rief Andy ihr zu.

»Tut das sehr weh?«, fragte Peggy kauend.

»Oh ja!«, versicherte Andy und nickte bestärkend. Die Katzenfrau sah ihn unsicher an. »Du brauchst nicht zu schlingen! Niemand nimmt dir das Essen weg. Ist alles für dich!«

»Alles für mich?«, fragte Peggy ungläubig. Andy nickte erneut. »Will Andy nichts davon essen?«

»Nein! Ist wirklich alles für dich!«, versicherte Andy nochmals.

»D ... danke!«, stotterte Peggy gerührt und aß deutlich langsamer weiter. Als sie schließlich satt war, hatte sie zwei volle Teller geleert! Dabei hatte sie sich stark verkleckert, weshalb Andy froh war, dass sie keine Kleidung trug, sonst wäre die jetzt ziemlich fleckig.

»Bitte warte kurz«, bat Andy und ging ins Badezimmer.

Peggy sah ihm verwundert nach und erschrak, als der Student mit einem Waschlappen in der Hand auf sie zukam. »Bitte nicht wehtun!«, rief die Katzenfrau ängstlich und wich zurück. »Peggy hat doch nichts getan!«

»Ich will dir doch nicht wehtun«, sagte Andy mit einer beruhigenden Geste. »Will dich nur ein bisschen saubermachen.«

»Das tut nicht weh?«, fragte Peggy unsicher.

»Nein, ganz bestimmt nicht«, versicherte der Student. Darauf reinigte er behutsam Peggys Gesicht und Dekolleté. »Na siehst du, hat doch nicht wehgetan.« Die Katzenfrau lächelte ihn verlegen an, schüttelte den Kopf und bedankte sich schüchtern. »Gern geschehen! Ich hoffe, das Essen hat geschmeckt.«

»Danke! Essen war sehr gut«, bestätigte Peggy.

»Hast wohl schon lange nicht mehr richtig gegessen«, meinte Andy.

»Peggy immer hungrig! Mutter mir nur wenig Essen geben, damit Peggy schlank bleibt.«

»Was, deine Mutter hat dich hungern lassen?«, fragte Andy entsetzt.

»Sie nicht meine richtige Mutter. Sie meine Besitzerin«, war Peggys erschreckende Antwort! »Peggy hat keine Mutter.«

»A ... aber jeder Mensch hat eine Mutter«, stotterte Andy.

»Peggy nicht«, antwortete die Katzenfrau und schüttelte den Kopf.

»Bei wem bist du denn aufgewachsen?«, fragte Andy verdutzt.

»Peggy weiß das nicht. Ist eines Tages einfach aufgewacht und dagewesen«, antwortete die Katzenfrau rätselhaft. »Mutter mich dann später gekauft. Seitdem ich bei ihr sein.«

Andy war beträchtlich erschüttert! Peggy war also das Opfer von Menschenhändlern! »Warum nennst du deine Besitzerin Mutter?«

»Sie das so wollen.«

»Hat Mutter auch deine Verletzungen verursacht?«, fragte Andy behutsam.

Die Katzenfrau nickte mit schamvoll gesenktem Blick. »Mutter mich oft bestrafen, weil Peggy so viel falsch machen. Peggy dumm und ungeschickt.«

Wieder war Andy entsetzt! Diese ‚Mutter‘ musste extrem brutal und grausam sein! Er sah Peggy mitleidig an. »Bist du deshalb von ihr weggelaufen?«

»Gestern hat Mutter die Türe zu Peggys Zimmer lange Zeit offen gelassen. Peggy hat gerufen, aber Mutter hat nicht geantwortet. Peggy dann hinausgegangen, was Peggy eigentlich nicht darf, aber Peggy sich Sorgen machen um Mutter. Peggy dann Mutter in anderem Zimmer gefunden. Mutter auf dem Boden liegen! Peggy sie gerufen, aber Mutter nicht antworten! Peggy hat nachgeschaut, aber Mutter nicht mehr atmen. Peggy sie aber nicht getötet!«, rief sie, als sie Andys erschrockenen Blick wahrnahm. »Peggy nichts Böses getan!«

»Schon in Ordnung! Mutter war bestimmt schon tot, als du sie gefunden hast. Ich glaube dir, dass du sie nicht getötet hast«, antwortete Andy beschwichtigend, worauf sich Peggy erleichtert beruhigte. »*In ihrem Zustand wäre sie dazu gar nicht in der Lage gewesen*«, dachte der Student.

»Peggy dann Angst bekommen und weggelaufen. Aber draußen sehr kalt! Peggy sehr gefroren. Dann warme Beutel gefunden und damit zugedeckt, aber trotzdem zu kalt gewesen. Peggy irgendwann ohnmächtig werden und bei Andy wieder aufwachen.«

»Verstehe«, sagte der Student und nickte bestätigend.

»Darf Peggy bei Andy bleiben?«, fragte die Katzenfrau unsicher.

»Gerne!«, antwortete der Student.

Peggy warf ihm einen dankbaren Blick zu. »Danke! Du sehr nett zu Peggy sein!«

»Schon in Ordnung!«, sagte Andy verlegen und sah dann Peggy besorgt an. »Deine Verletzungen tun doch sicher weh.«

»Nur ein bisschen. Peggy das nichts ausmachen. Peggy schon sehr viel schlimmere Schmerzen ertragen.«

»Das glaube ich dir«, sagte Andy erschüttert und streichelte der Katzenfrau über die Wange, wobei sie zuerst zurückzuckte, es dann aber zuließ, während sie kurz verlegen den Blick senkte. »Sag mir aber bitte, wenn die Schmerzen stärker werden, oder du Medizin brauchst.«

»Danke! Das sehr nett von dir«, antwortete Peggy gerührt.

Für einen Moment wussten beide nicht, was sie sagen sollten.

Andys Gedankenkarussell drehte sich wild! Peggy war von Menschenhändlern an eine besonders grausame Frau verkauft worden, die plötzlich aus unerklärlichen Gründen verstarb, worauf Peggy weglief und bei ihm landete. Wussten die Menschenhändler vom Tod der Besitzerin? Suchten sie bereits nach Peggy. War die Katzenfrau vielleicht doch am Tod ihrer Besitzerin schuld, oder hatte sie ihm nur eine erfundene Geschichte aufgetischt? War sie etwa aus irgendeinem Institut geflohen, das grausame Experimente mit Menschen machte? Dann hatte sich Andy durch die Aufnahme der Frau in eine gefährliche Lage gebracht! Sollte er besser doch die Polizei informieren? Dem Studenten schwirrte der Kopf! Dabei wirkte Peggy so niedlich, verletzlich und hilflos! Irgendwie sagte ihm sein Gefühl, dass von ihr keine Gefahr ausging, sondern sie seinen Schutz und seine Hilfe benötigte! Bisher hatte ihn sein Gefühl noch nicht getäuscht, und er hoffte, dass es ihn auch bei Peggy nicht in die Irre leitete. So nahm er sich vor, erst einmal besonders vorsichtig und wachsam zu sein und sich so gut wie möglich um Peggy zu kümmern. Vielleicht fand ja Cychros bald etwas über Peggy oder über Katzenfrauen heraus. Bis dahin wollte er sich erst einmal um Peggy kümmern und ihr ein sicheres, angenehmes Zuhause bieten. Sollte ihre Anwesenheit ihn dennoch in Schwierigkeiten oder Gefahr bringen, konnte er sie immer noch der Polizei übergeben! Im Moment war es sicher besser erst einmal abzuwarten, bis er mehr über Peggy und ihre Herkunft wusste. Somit warf er der hageren Katzenfrau einen warmherzigen Blick zu, die ihn schüchtern ansah und erneut kurz verlegen den Blick senkte.

»Sag mal, würde es dir etwas ausmachen dich anzuziehen?«, fragte Andy schließlich, weil Peggy immer noch nackt vor ihm stand.

»Wenn du das wünschst«, sagte Peggy unsicher.

21

»Falls es dir unangenehm ist, oder du dich damit nicht wohlfühlst, musst du natürlich nicht. Versuch es aber bitte wenigstens einmal«, bat Andy.

Die Katzenfrau zögerte kurz. »Peggy wird versuchen. Du mir aber bitte zeigen, wie ich Kleidung anziehen soll. Peggy weiß das nicht.«

»Ist in Ordnung, das zeige ich dir«, antwortete Andy erleichtert und öffnete den Koffer mit der Kleidung, die Tanja ihm gebracht hatte. Kurze Zeit später trug Peggy einen Slip, ein T-Shirt, eine Freizeithose und Socken. »Na, wie fühlt sich das an?«

»Etwas seltsam, ist aber angenehm«, meinte Peggy.

»Ich hoffe, die Kleidung schmerzt nicht oder reibt auf deinen Wunden«, sagte Andy besorgt.

»Nur ein bisschen. Das Peggy nichts ausmachen«, versicherte die Katzenfrau gerührt. »Du sehr rücksichtsvoll sein.«

»Ich will dir ja nicht noch mehr Schmerzen zufügen«, bemerkte Andy verlegen.

Peggy bedankte sich schüchtern und sah ihn ebenfalls verlegen an. »Du sehr hilfsbereit, deswegen möchte Peggy auch dir helfen. Soll Peggy für dich putzen? Peggy kann gut putzen!«

»Nein, das musst du nicht. Außerdem bist du dafür noch zu schwach. Erhol dich erst einmal. Wenn du kräftiger bist, kannst du mir helfen, aber jetzt sammle erst einmal neue Kräfte«, riet Andy. »Nächstes Wochenende muss ich wieder putzen. Dabei kannst du mir dann helfen.«

»Das wird Peggy gerne machen!«, sagte die Katzenfrau erfreut und wandte sich Andys Bücherregal zu, das sie aus dem Augenwinkel heraus bemerkte. »Oh! So viele Bücher! Andy auch gerne lesen?«

»Ja, ich lese gerne. Du auch?«

Die Katzenfrau nickte mit leuchtenden Augen. »Darf Peggy Bücher anschauen?«, fragte sie freudig.

»Gerne!«, antwortete Andy, worauf Peggy zu dem Bücherregal eilte und interessiert die Buchrücken betrachtete.

»Diese Bücher brauche ich für mein Studium«, erklärte Andy und deutete auf den unteren Teil des Regals. »Die Bücher weiter oben sind Romane und Erzählungen. Was liest du denn gerne?«

»Peggy mag am liebsten Abenteuergeschichten!«, antwortete die Katzenfrau und schaute sich den Teil des Regals mit den Romanen genauer an.

»Dann wäre diese Buchserie genau das richtige für dich. Die ist ziemlich abenteuerlich«, riet Andy und zeigte auf die entsprechenden Bücher.

»Darf Peggy die Bücher angucken?«, fragte die Katzenfrau aufgeregt.

»Sicher!«, bestätigte Andy, worauf Peggy eines der Bücher behutsam aus dem Regal nahm und die ersten Seiten durchblätterte. Dabei begannen ihre Augen zu strahlen. »Das klingt echt spannend! Darf Peggy das lesen?« Andy nickte schmunzelnd. »Darf Peggy auf dem Sofa lesen, oder soll Peggy auf dem Bett lesen?«

»Du kannst lesen, wo immer du möchtest«, versicherte Andy und machte eine einladende Geste in Richtung Sofa, worauf Peggy ihm einen dankbaren Blick zu warf und es sich dort bequem machte. Kurze Zeit später war sie gänzlich in die Geschichte versunken, während Andy ins Schlafzimmer ging, das Bett aufschüttelte und das Fenster einen Spalt weit öffnete. Als er leise ins Wohn-Esszimmer zurückkehrte, las Peggy wie gebannt in dem Buch, was Andy ein Lächeln entlockte. Als kleiner Junge war es ihm genauso ergangen, wenn er ein spannendes Buch vor sich hatte. Dann war er ganz in der Geschichte versunken und nahm nichts mehr von der Welt um ihn herum wahr. Nicht einmal der laute Staubsauger seiner Mutter vermochte ihn zu stören! Weil der Student in letzter Zeit wegen des anstrengenden Studiums nicht mehr zum Lesen kam, nahm er sich ebenfalls ein Buch und setzte sich vorsichtig auf das Sofa, um Peggy nicht zu stören, die ihn scheinbar gar nicht bemerkte, was Andy ein weiteres Mal lächeln ließ. So saßen beide längere Zeit nebeneinander in ihre Geschichten versunken da, bis Peggy auf einmal das Buch aus der Hand fiel und ihr Kopf auf die Rückenlehne kippte. Ihre tiefen, regelmäßigen Atemzüge zeigten, dass sie eingeschlafen war, weshalb Andy sein Buch beiseite legte, Peggy behutsam auf das Sofa bettete und eine Decke über sie legte, damit sie im Schlaf nicht auskühlte. Der junge Mann streichelte ihr noch mit liebevollem Lächeln über den Kopf, setzte sich dann neben sie und griff nach seinem Buch. Wieder genoss er den niedlichen Anblick der Katzenfrau, während sie neben ihm schlummerte, bevor er sich wieder seinem Buch widmete. Dabei kehrten seine Gedanken jedoch mehrmals zu Peggy zurück. Wie sich zeigte, war sie immer noch sehr schwach, sonst wäre sie nicht in so einen tiefen Schlaf gesunken. Was ja auch kein Wunder war, denn sie hatte von ihrer grausamen Besitzerin viel zu wenig Nahrung erhalten! So mager und ausgezehrt, würde Peggy Wochen brauchen, um ausreichend Kraft und Gewicht zuzulegen, was für Andy bedeutete, dass er die Katzenfrau in nächster Zeit mit reichlich Essen versorgen musste, damit sie wieder in Form kam. Das würde seinen Geldbeutel zwar merklich belasten, doch zum Glück hatte er finanzkräftige Eltern, die ihn wohlwollend unterstützten. So schmökerte Andy noch eine Weile lang in seinem Buch, bis es Zeit war, das Mittagessen zu kochen. Andy kochte gerne, wann immer er genug Zeit dazu hatte, was während des Semesters oft nicht möglich war. Dann aß er notgedrungen in der Mensa, was ihm jedoch meist nicht schmeckte, weshalb er es vorzog, selbst zu kochen. Der Student bemühte sich, bei der Zubereitung des Essens möglichst leise zu sein, denn Peggy schlief immer noch auf dem Sofa, bis er mit dem Kochen fertig war und den Herd auf kleinste Flamme stellte. In diesem Moment erwachte Peggy und richtete sich erschrocken auf.

»Was ist passiert? Warum liegt Peggy auf dem Sofa?«, fragte sie panisch.

»Du bist beim Lesen eingeschlafen, deshalb habe ich dich hingelegt, damit du es bequemer hast«, erklärte der Student.

»Du deshalb böse sein?«, fragte Peggy ängstlich.

»Nein! Warum sollte ich dir denn böse sein? Du bist eben noch sehr schwach und brauchst viel Schlaf«, sagte Andy beruhigend.

»Du nicht bestrafen Peggy?«

»Ganz sicher nicht! Du kannst doch nichts dafür, dass du so geschwächt bist. Brauchst keine Angst zu haben. Ich werde dir niemals absichtlich wehtun«, versprach der junge Mann. »Außerdem habe ich kein Recht dazu, dich zu bestrafen.«

»Aber Peggy jetzt dein Besitz. Wenn Peggy etwas falsch macht, darf Andy sie bestrafen.«

Der Student sah die Katzenfrau entgeistert an. »Du bist doch nicht mein Besitz!«

»Aber Peggy jetzt bei Andy wohnen«, entgegnete sie verwundert. »Dann Andy ihr neuer Besitzer.«

»Nein Peggy, ich bin nicht dein Besitzer! Ich habe dich bei mir aufgenommen, um dir zu helfen, sonst wärst du letzte Nacht da draußen erfroren. Ich will mich einfach nur um dich kümmern und dir ein angenehmes Zuhause geben, wo du dich sicher und geborgen fühlst.« Dabei streichelte der junge Mann Peggys Wange. »Deshalb gehörst du mir aber nicht, sondern du bist ein freier Mensch! Verstehst du das?«, fragte Andy eindringlich.

»Peggy nicht ... dein ... Besitz?«, fragte die Katzenfrau unsicher.

Andy schüttelte den Kopf. »Nein, du bist jetzt frei und gehörst niemandem!«

Peggy blickte ihn ein wenig verwirrt an. Man sah deutlich, wie es hinter ihrer Stirn arbeitete. »Dann muss Peggy nicht tun, was Andy von ihr verlangst?«, fragte sie zaudernd.

»Nein, musst du nicht!«, versicherte der Student.

»Andy auch Peggy nicht bestrafen?«

»Nein! Wie schon gesagt, habe ich dazu kein Recht. Brauchst also keine Angst zu haben«, bestätigte der junge Mann.

»Das alles neu für Peggy sein«, gab sie verunsichert zu. »Peggy hoffentlich nichts falsch machen. Will nicht, dass Andy böse wird auf Peggy.«

»Keine Sorge, ich helfe dir, so gut ich kann. Und wenn du 'mal etwas falsch machst, werde ich sicher nicht gleich böse auf dich sein«, beruhigte sie der junge Mann.

»Danke, du sehr nett zu Peggy.«

»Schon in Ordnung«, antwortete Andy gerührt und streichelte Peggys Wange.

Die Katzenfrau schnüffelte in Richtung der Küche. »Du Essen gemacht?«

Andy nickte lächelnd. »Du hast bestimmt Hunger.« Peggy nickte eindringlich, was den Studenten schmunzeln ließ. »Dann lass uns zusammen essen!«

*

Wie sich zeigte, konnte Peggy auch nicht mit Messer und Gabel umgehen, weshalb Andy es ihr erklärte. Anfänglich fiel es ihr schwer auf diese Art zu essen, weshalb sie sich auch dieses Mal verkleckerte. In weiser Voraussicht hatte Andy der Katzenfrau ein Handtuch umgebunden und auch auf den Schoß gelegt, wodurch ihre Kleidung von Flecken verschont blieb. Nach dem Essen reinigte Andy ihr Gesicht wieder mit einem Waschlappen, was Peggy peinlich war.

»Entschuldigung«, sagte die Katzenfrau verschämt mit gesenktem Blick. »Ich hoffe, du nicht böse, weil Peggy so ungeschickt ist.«

»Nein, gar nicht«, versicherte Andy beruhigend. »Du kannst doch nichts dafür, dass dir keiner gezeigt hat, wie man richtig isst. Keine Sorge, das lernst du sicher schnell«, meinte er mit aufmunterndem Lächeln. »Außerdem siehst du süß aus, wenn du so verkleckert bist«, sagte der junge Mann zwinkernd, worauf Peggy kurz verlegen den Blick senkte und dann schüchtern lächelte.

»Peggy wird sich Mühe geben und essen lernen«, versprach sie scheu, während Andy ihr ein warmherziges Lächeln schenkte.

»Möchtest du dein Buch weiterlesen?«, fragte er.

»Gerne!«, rief Peggy erfreut.

»Dann setz dich wieder aufs Sofa. Ich räume hier noch kurz auf.«

»Peggy wird dir helfen, dann Buch weiterlesen.«

»Na gut«, antwortete der Student und zeigte der Katzenfrau, wie sie das Geschirr in die Spülmaschine stellen sollte, wodurch die Küchenarbeit schnell erledigt war. Darauf machten es sich beide wieder auf dem Sofa gemütlich und vertieften sich in ihre Bücher, bis es draußen dämmerte. Da legte Peggy ihr Buch beiseite, streckte sich genüsslich und rollte mit den Schultern.

»Hast du Schmerzen?«, fragte Andy besorgt.

Die Katzenfrau schüttelte den Kopf. »Peggy nur ein bisschen steif.«

»Kein Wunder, wir sitzen ja auch schon ziemlich lange hier.« Der Student blickte nach draußen, wo die Sonne zwischen den Häusern versank. Vielleicht würde etwas frische Luft beiden guttun. Um diese Uhrzeit, wo viele Bewohner bereits die Rollläden schlossen, war es wohl ungefährlich, mit Peggy hinaus zu gehen. »Willst du mit mir spazieren gehen?«

»Peggy mit dir hinaus gehen?«, fragte sie unsicher. Andy nickte bestätigend. »Gerne!«, antwortete Peggy freudig.

»Dann müssen wir dich ein bis bisschen wärmer anziehen. Um diese Zeit wird es kalt draußen.« Der Student bat Peggy mit einer Geste ihm ins Schlafzimmer zu folgen, wo er ihr eine Jeans, ein Sweatshirt, ein Paar Schuhe und eine Jacke aus Tanjas Koffer anzog. Darauf zog er sich ebenfalls um und suchte in seinem Schrank nach einer Kopfbedeckung für Peggy, damit man ihre Katzenohren nicht sah. Rasch fand er eine Skimütze, die ihr gut passte. »Würdest Du bitte diese Mütze tragen, oder ist sie dir unangenehm?«, fragte er unsicher.

»Ist bequem«, antwortete Peggy. »Kann damit auch gut hören.«

»Gut, dann lass uns jetzt rausgehen.«

Peggy nickte bestätigend, worauf beide die Wohnung verließen. Andy sah sich sichernd um, aber die Bewohner hatten bereits ihre Rollläden geschlossen, so dass sie ungesehen die Grünanlage in der Nähe des Häuserblocks erreichten, wo die beiden entlangschlenderten.

»Alles in Ordnung, oder ist dir das Laufen zu anstrengend?«, fragte Andy.

»Laufen tut gut«, versicherte Peggy.

»Ich hoffe, es ist dir nicht zu dunkel.«

»Peggy ist Katzenmädchen. Sieht sehr gut wenn dunkel«, war ihre überraschende Antwort.

»Du kannst auch gut sehen, wenn es dunkel ist?«, fragte Andy verblüfft.

»Hmmm«, summte Peggy lächelnd und nickte. Sie sah sich freudig um. »Ist schön hier, wo Andy wohnt.«

»Freut mich, wenn's dir hier gefällt.« So liefen beide kurz schweigend nebeneinander her. »Bist du manchmal auch mit Mutter rausgegangen?«

»Nein! Peggy meistens in kleinem Zimmer im Keller. Darf nur zum Putzen in Mutters Wohnung, aber nicht rausgehen! Mutter sonst sehr böse werden!«

»Du hast also die ganze Zeit in einem Zimmer im Keller von Mutter gelebt?«, fragte Andy erschüttert.

Die Katzenfrau nickte traurig. »Kleines Zimmer mit kleinem Badezimmer war Peggys Zuhause. Peggy einmal beim Putzen kurz auf Terrasse gegangen, weil Türe dort offen war. Peggy wollte nur kurz gucken, aber Mutter sehr böse geworden! Hat Peggy in ihr Zimmer gebracht, auf Bett gefesselt und lange gepeitscht. Peggy hat entschuldigt, aber Mutter Peggy trotzdem weiter peitschen! Danach Peggy nie mehr hinausgehen...« Ihre Stimme brach und sie hatte Tränen in den Augen.

Andy sah die Katzenfrau entsetzt an. »Oje, du Arme!« Er umarmte die Katzenfrau behutsam, drückte sie sanft an sich und streichelte sie. »So etwas Schreckliches darf dir nie wieder jemand antun. Dafür werde ich sorgen!«, sagte er eindringlich.

Peggy war von der liebevollen Umarmung sehr überrascht. Es war das erste Mal, dass jemand sie in die Arme nahm und streichelte! Das fühlte sich jedoch sehr gut an, weshalb Peggy auch zögernd ihre Arme um Andy legte, sich schließlich an ihn schmiegte und sein Streicheln genoss, während sie leise weinte. So lag sie längere Zeit in Andys Armen, bis sie sich wieder gefangen hatte.

Andy war zutiefst schockiert! Er hatte zwar bereits die Striemen auf Peggys Körper gesehen, aber ihre eindringliche Schilderung der Bestrafung machte die Sache noch wesentlich schlimmer! »Keine Angst, ab jetzt wird dir niemand mehr wehtun! Niemals mehr!«, versicherte er entschieden. Als sie sich wieder beruhigt hatte, wischte er ihr zärtlich die letzten Tränen aus dem Gesicht. »Geht's wieder?«, fragte er behutsam, worauf Peggy nickte, denn sprechen konnte sie noch nicht. »Hab keine Angst. Niemand wird je wieder so gemein zu dir sein!«

»Danke, du sehr lieber Mensch«, flüsterte Peggy gerührt und genoss noch kurz seine Umarmung. Dann ließ sie ihn los. »Darf Peggy zurück in Wohnung gehen? Peggy müde.«

»Machen wir!«, bestätigte Andy und brachte sie in seine Unterkunft zurück. »Willst du gleich ins Bett gehen?«, fragte Andy nach ihrer Rückkehr.

Peggy nickte gähnend. »Soll Peggy auch Kleidung im Bett tragen?«, fragte sie unsicher.

»Wenn dir Kleidung unangenehm ist, darfst du auch gerne nackt schlafen. Wie es dir lieber ist«, antwortete Andy. Sie nickte nur und begann sich zu entkleiden, weshalb Andy das Zimmer verließ.

Kurze Zeit später kam sie unbekleidet aus dem Schlafzimmer. »Peggy muss noch Zähne putzen«, sagte sie verlegen. »Hat Andy bitte Zahnbürste für Peggy?«

»Klar«, sagte der junge Mann, eilte ins Badezimmer und gab ihr eine neue Zahnbürste zusammen mit einem Becher. Wenig später kehrte sie zurück und Andy begleitete sie noch ins Schlafzimmer, deckte sie behutsam zu, nachdem sie sich hingelegt hatte, und streichelte ihr sanft über den Kopf. »Gute Nacht Peggy«, wünschte er mit einem liebevollen Lächeln.

Sie gab den Gruß mit einem verlegenen Lächeln zurück. Als er sich erheben wollte, griff sie nach seiner Hand. »Danke! Du heute sehr freundlich zu Peggy gewesen! Du lieber Mensch!« Sie wurde kurz rot und schenkte ihm darauf ein warmherziges Lächeln.

»Du bist auch ein lieber Mensch«, antwortete Andy gerührt, drückte liebevoll ihre Hand und streichelte ihr nochmals über den Kopf. Peggy wurde kurz verlegen, dann sah sie ihn liebevoll an und lächelte scheu, während sie sich in ihr Kissen kuschelte. Andy streichelte ihre Wange mit einem innigen Lächeln, erhob sich zögerlich, ging zur Türe und löschte das Licht. »Schlaf gut, Katzenmädchen«, flüsterte er noch, bevor er das Zimmer verließ.

*

Das erste Mal in ihrem Leben war Peggy glücklich! Andys gütige, freundliche und warmherzige Art war wie Balsam für ihre geschundene Seele, die bisher nur Erniedrigungen, heftigen Schmerz und Angst kannte! Bei dem jungen Mann fühlte sie sich jedoch geborgen und sogar geliebt! Er versorgte sie gut, war sanftmütig, hilfsbereit, geduldig und manchmal sogar zärtlich. Das ließ Emotionen in ihr erwachen, die sie bisher noch nicht kannte.

Erstmals fühlte sie sich zu jemandem hingezogen! Erst recht nach Andys Umarmung, heute bei ihrem Spaziergang. Ihm so nahe zu sein, von ihm gestreichelt und liebkost zu werden, hatte sich so herrlich angefühlt und so gut getan, dass sie Andy am liebsten nie mehr loslassen wollte. Um dem jungen Mann jedoch nicht zu nahe zu treten, löste sie sich schließlich doch wieder schweren Herzens von ihm. Seitdem wuchs ihr Bedürfnis, in seiner Nähe zu sein, immer mehr! Sie mochte Andy sehr und war ausgesprochen glücklich, dass er so gut zu ihr war! Auch heute Abend war er wieder sehr freundlich zu ihr gewesen, brachte sie zu Bett und streichelte sie sanft vor dem Einschlafen. Das machte sie mehr als selig, weshalb sie sich fröhlich in ihr Kissen schmiegte, freudig an Andy dachte, ihn in Gedanken umarmte, um mit ihm zusammen ins Traumland abzutauchen.

*

Andy blickte zurück auf die geschlossene Schlafzimmertüre, als könne er durch sie hindurchsehen. Anfänglich hatte er nur Mitleid für Peggy empfunden, doch inzwischen war sie ihm ans Herz gewachsen! Wie es schien, teilte sie seine Gefühle und empfand wohl auch mehr als nur Dankbarkeit. Als er sie vorhin beim Spaziergang umarmte, waren Funken übergesprungen, die angenehme Gefühle wieder erwachen ließen. Andys letzte Beziehung war schon einige Zeit her, doch diesmal fühlte es sich irgendwie anders an. Besser! Intensiver! Dabei kannte er Peggy gerade mal einen Tag lang! Doch nicht nur ihr niedliches Aussehen, ihre kindliche Sprache waren ansprechend, sondern ihre gütige Aura, ihr freundliches, liebevolles Wesen berührten den jungen Mann sehr und förderten den Wunsch, Peggy zukünftig nahe zu sein, sie zu umsorgen und zu beschützen! Während des Spaziergangs hatte sie erstmals von einer ihrer zahlreichen Misshandlungen erzählt, deren Spuren auf ihrem Körper zu sehen waren. Sicher würde sie mit der Zeit noch mehr dieser schrecklichen Erlebnisse schildern, was für Andy schon kaum zu ertragen war. Wie sehr musste dieses arme Geschöpf dann erst darunter gelitten haben! Es grenzte für ihn an ein Wunder, dass Peggy nicht vor Schmerzen und Angst dem Wahnsinn verfiel, sondern sich immer noch so ruhig und freundlich verhielt! Mit der Zeit würde sich bestimmt noch das eine oder andere Trauma zeigen. Andy wusste zwar nicht, ob er dieser Herausforderung gewachsen war, doch er wollte Peggy so gut wie möglich über ihre grässliche Vergangenheit hinweghelfen und ihr in Zukunft ein angenehmes, angstfreies Leben ermöglichen. Dabei wollte er ihr auch die Liebe und Zuneigung schenken, die sie schon so lange vermisste. Das war immerhin nicht leicht, erforderte viel Geduld und Einfühlungsvermögen, was Andy manchmal an seine Grenzen bringen dürfte, aber trotzdem wollte der junge Mann die Herausforderung auf sich nehmen, denn er hatte Peggy sehr liebgewonnen und sie war für ihn etwas ganz Besonderes! Ein recht profanes Gefühl unterbrach plötzlich rigoros seine Überlegungen: Hunger! Erst jetzt fiel Andy auf, dass er bisher noch kein Abendessen hatte, und wunderte sich, dass Peggy darauf verzichtete! Sie musste entweder wegen des Spaziergangs oder durch die schlimme Erzählung sehr müde geworden sein, sonst hätte sie mit Sicherheit das Essen nicht verpasst! So bereitete er sich rasch ein Vesper zu und sah sich im Fernsehen noch eine Naturdoku an, der er jedoch nur halbwegs Aufmerksamkeit schenkte, weil seine Gedanken immer wieder zu Peggy abschweiften, bis er schließlich zu Bett ging, wo ihn angenehme Gedanken an das Katzenmädchen bis in seine Träume begleiteten.

Erschreckende Erkenntnisse

Am nächsten Morgen stand Andy etwas später auf, duschte und bereitete danach ein deftiges Frühstück vor, denn Peggy hatte sicher großen Hunger, nachdem sie das Essen am Vorabend ausfallen ließ. Einige Zeit später kam das Katzenmädchen noch etwas verschlafen aus dem Nebenraum und blickte überrascht auf den reichlich gedeckten Tisch.

»Oh, du schon Essen vorbereitet!«

»Hmmm«, summte Andy zustimmend. »Du bist sicher hungrig.«

»Darf Peggy noch vorher duschen? Peggy sich auch beeilen.«

»Du musst dich nicht beeilen. Heute ist Sonntag und ich habe nichts vor, also kannst du dir Zeit lassen.« Andy erhob sich und forderte Peggy mit einem Wink auf, ihm ins Badezimmer zu folgen, wo er ihr ein großes Handtuch und den Föhn bereitlegte. Peggy bedankte sich schüchtern und stieg in die Duschwanne, während der Student das Badezimmer verließ. Da fiel ihm ein, dass er neue Kleidung für Peggy bereitlegen musste, sonst würde sie versehentlich die Kleidung von gestern nochmals anziehen. Also ging er ins Schlafzimmer, holte ein frisches T-Shirt, Socken und einen Slip aus Tanjas Koffer, die er auf das Bett legte, wonach er Peggys gestrige Kleidung einsammelte, in eine Tüte steckte und neben die Badezimmertüre legte, damit er sie später zu seiner Schmutzwäsche legen konnte. Dann wartete er geduldig, bis Peggy fertig war und aus dem Badezimmer kam.

»Ich habe dir frische Kleidung bereitgelegt«, sagte er zu dem Katzenmädchen, die ihn darauf verwundert ansah.

»Aber Kleidung noch sauber. Peggy hat aufgepasst und nicht schmutzig gemacht.«

»Ich weiß. Die Freizeithose kannst du auch nochmals anziehen, aber den Slip, die Oberbekleidung und die Socken wechseln wir täglich aus hygienischen Gründen«, erklärte Andy.

»Ach so, dann wird Peggy neue Kleidung anziehen«, sagte das Katzenmädchen nach kurzem Überlegen. Es erschien ihr zwar als Verschwendung, bestimmte Kleidungsstücke nur einen Tag lang zu tragen, aber Andy meinte es sicher gut, weshalb sie seinen Wunsch erfüllte. Etwas später kam sie korrekt gekleidet aus dem Schlafzimmer und frühstückte zusammen mit dem Studenten.

»Willst du heute mit mir einen Ausflug machen und wieder spazieren gehen?«, fragte der Student.

»Peggy mit dir rausgehen?«, wollte das Katzenmädchen wissen. Andy nickte, worauf Peggy erfreut zustimmte. So verließen beide nach dem Essen die Wohnung. Der Aufzug war direkt neben der Wohnungstüre, weshalb beide ungesehen die Tiefgarage erreichten, wo Andys Auto stand.

»Fährst du das erste Mal in einem Auto?«, fragte Andy, nachdem beide eingestiegen und angeschnallt waren.

Das Katzenmädchen schüttelte den Kopf. »Peggy damals in einem großen Auto an Mutter geliefert worden. In großem Gebäude, wo Peggy gemacht wurde, musste sich Peggy in eine große Kiste setzen. Diese Kiste dann in Auto zu Mutter gefahren worden. Die Kiste dann dort ausgeladen und in Mutters Haus gebracht worden, wo Mutter Kiste geöffnet und Peggy herausgelassen hat.«

Andy sah das Katzenmädchen erschrocken an. »Sie haben dich in einer Kiste transportiert?«

Das Katzenmädchen nickte. »Damit niemand Peggy sieht, wenn geliefert wird.«

»Um Himmels willen! Du wurdest wie ein Gegenstand, wie eine Ware von denen behandelt!«, sagte Andy entsetzt.

»Katzenmädchen sind Ware, zum Verkauf gemacht«, war Peggys erschütternde Antwort!

Andy verschluckte sich fast und sah Peggy dann mitleidig an, während er ihren Kopf streichelte. »Armes Mädchen! Wie kann man dich nur so schlecht behandeln!«

»Das jetzt vorbei«, bemerkte das Katzenmädchen gerührt. »Peggy jetzt bei Andy und Andy sehr gut zu Peggy!« Sie nahm seine Hand, drückte und streichelte sie zärtlich.

»Freut mich, wenn du dich bei mir wohlfühlst«, sagte Andy berührt.

»Peggy sich sehr wohl fühlen bei Andy«, bestätigte das Katzenmädchen mit liebevollem Blick, worauf Andy ihr zärtlich über die Wange streichelte und dann den Motor startete. Er hätte Peggy gerne noch weitere Fragen zu ihrer Herkunft gestellt, wollte dem Katzenmädchen aber nicht noch mehr unangenehme Erinnerungen verursachen. Sie würde mit der Zeit bestimmt noch einiges über sich preisgeben, was sicher auch schmerzhaft und erschütternd war! Der sensible junge Mann hoffte, dass er dem gewachsen und Peggy ein guter Partner war! Während der Fahrt sah sich das Katzenmädchen begeistert um und drückte sich die Nase an der Scheibe platt. Immer wieder stellte sie Fragen, zu dem, was sie sah, und Andy versuchte, diese so gut wie möglich zu beantworten, bis er schließlich auf einen Wanderparkplatz am Waldrand einbog und das Fahrzeug dort abstellte. Anschließend spazierten sie gemeinsam durch den Wald, wo ihnen vereinzelt andere Wanderer begegneten. Weil Peggy auch diesmal die Skimütze trug, bemerkte jedoch niemand ihre Katzenohren.

»Dieser Ort hier sehr schön!«, bemerkte Peggy, während sie sich verträumt umsah.

»Freut mich, wenn's dir hier gefällt. Das ist mein Lieblingswanderweg. Hier komm ich immer her, wenn ich mal ein bisschen Ruhe und Entspannung brauche«, erklärte Andy.

So wanderten sie eine Weile nebeneinander her, bis Andy Peggy sanft schubste.

»Warum schubst du Peggy? Hab doch nichts gemacht!«, fragte das Katzenmädchen verwundert.

»Ist nur Spaß! Will dich ein bisschen ärgern«, antwortete Andy zwinkernd.

»Du Peggy im Spaß ärgern?« Der Student nickte mit spitzbübischem Lächeln. »Dann darf Peggy dich auch im Spaß ärgern?« Andy nickte nochmals, worauf ihn Peggy nach kurzem Zögern ebenfalls schubste. Daraus entstand ein scherzhaftes Spiel, während dem sich beide immer wieder gegenseitig schubsten, wobei Peggy erstmals fröhlich lachte, bis sie auf einmal strauchelte.

Andy hob sie fest, damit Peggy nicht hinfiel, und nahm sie dann in den Arm. »Alles in Ordnung?«, fragte er besorgt.

»Danke! Peggy geht es gut«, antwortete sie und genoss die sanfte Umarmung. Dann sah sie den Studenten schüchtern an. »Danke, dass du immer so nett zu mir. Peggy ... mag dich ... sehr.« Darauf senkte sie verlegen den Blick.

Andy streichelte sie zärtlich. »Ich mag dich auch«, sagte er mit liebevollem Lächeln.

»Wie kannst du Peggy mögen? Peggy dumm und hässlich«, flüsterte das Katzenmädchen traurig.

»Was redest du denn da?«, fragte Andy erschüttert. »Nein, du bist nicht dumm, und hässlich bist du schon gar nicht! Im Gegenteil! Du bist das hübscheste Mädchen, das ich je gesehen habe!«

»Aber Peggy hat so viele Narben! Nein, Peggy nicht hübsch! Peggy hässlich!«, meinte sie betrübt.

»Für die Narben kannst du nichts. Die hat Mutter dir beigebracht! Aber das spielt gar keine Rolle! Du bist trotzdem sehr hübsch und gefällst mir gut!«, versicherte Andy.

»Peggy dir wirklich gefallen?«, fragte das Katzenmädchen unsicher.

»Oh ja!«, bestätigte der Student. »Und dumm bist du auch nicht! Das hat Mutter zu dir gesagt, um dir weh zu tun, aber das stimmt nicht! Du lernst sehr schnell und verstehst vieles nach kurzer Zeit. Du bist sogar ziemlich gescheit!«

»Danke! Du wirklich sehr lieb zu Peggy sein!«, flüsterte sie mit rauer Stimme und umarmte den jungen Mann glücklich. »Peggy so froh, dass du sie magst!«

So standen beide in inniger Umarmung zusammen und genossen die gegenseitige Nähe, bis sie sich nach einiger Zeit voneinander lösten und wieder nebeneinander her liefen, wobei Andy diesmal einen Arm um Peggys Schultern legte, was diese sich ein wenig verlegen, aber freudig gefallen ließ.

*

Nach ihrer Rückkehr am späten Vormittag lud Andy das Katzenmädchen ein, mit ihm zu kochen.

»Peggy kann nicht kochen!«, sagte sie verschämt.

»Macht nichts! Ich zeig Dir, wie's geht«, versprach der Student.

»Ist gut. Peggy wird probieren«, willigte sie nach kurzem Zögern ein, worauf Andy einen Kochlöffel aus einer Schublade nahm. Das Katzenmädchen wich erschrocken mit weit aufgerissenen Augen zurück. »Bitte nicht den Kochlöffel!«, rief sie verzweifelt und nahm instinktiv eine Abwehrhaltung ein.

Andy sah sie verwundert an. »Was hast du denn?«, fragte er mit einer beruhigenden Geste. Dann kam ihm ein erschreckender Gedanke. »Hat Mutter dich damit geschlagen?«, fragte er bestürzt.

»Mutter mir damit oft sehr wehgetan. Da unten«, war Peggys erschütternde Antwort, wobei sie zwischen ihre Beine deutete!

Andy gefror das Blut in den Adern! »Sie hat dich ... mit einem Kochlöffel ... vergewaltigt?«

Peggy nickte schamvoll, wobei sich ihre Augen mit Tränen füllten.

»Um Himmelswillen!« Andy stand zutiefst geschockt da. Dann legte er rasch den Kochlöffel wieder in die Schublade und nahm Peggy in die Arme. »Was hat diese schreckliche Frau dir nur alles angetan!« Das Katzenmädchen schmiegte sich leise weinend an ihn, während Andy sie sanft streichelte, bis sie sich wieder gefangen hatte. »Tut mir leid! Ich wollte nicht schon wieder schlimme Erinnerungen wecken.«

»Ist schon gut. Das du nicht wissen können«, antwortete Peggy versöhnlich.

Andy strich ihr die letzten Tränen aus den Augen. »Geht's wieder?«, fragte er behutsam, worauf Peggy mit dankbarem Blick nickte. Der Student streichelte ihr sanft über den Kopf und warf ihr einen mitleidigen Blick zu. »Tut mir so leid, dass du das alles ertragen musstest.«

Das Katzenmädchen schenkte ihm einen liebevollen Blick. »Schlimme Zeit vorbei. Jetzt Peggy glücklich mit Andy.«

»Ich bin auch glücklich mit dir!«, bestätigte der Student und streichelte ihr über die Wange, was Peggy mit einem strahlenden Lächeln quittierte. »Willst du trotzdem mit mir kochen? Natürlich ohne Kochlöffel!«, fragte Andy behutsam.

Ein amüsiertes Lächeln huschte über Peggys Gesicht. »Gerne!«

*

Wie sich zeigte, war Peggy auch beim Kochen sehr gelehrig und sie konnte Andy hilfreich zur Hand gehen, so dass beide schon bald ein schmackhaftes Mittagessen genießen konnten. Peggy aß auch diesmal eine große Portion, was Andy sehr freute. Wenigstens schmeckte ihr sein Essen und sie war danach gut gesättigt, was hoffentlich zeitnah ihre Unterernährung beendete. Kaum hatten sie zu Ende gegessen und die Küche aufgeräumt, klopfte es an der Wohnungstüre. Andy ließ Tanja herein, die einen Laptop unter dem Arm trug. Als die Studentin Peggy sah, grüßte sie das Katzenmädchen mürrisch, stellte den tragbaren Computer auf den Tisch und wandte sich Andy zu.

»Gut, dass du da bist! Cychros hat einiges über sogenannte Katzenmädchen herausgefunden. Das soll er dir aber am besten selber sagen.« Schon wandte sie sich dem Laptop zu, startete das Gerät, loggte sich ins Netzwerk ein und stellte eine Verbindung zu dem Hacker her.

Peggy sah Andy fragend an, der sie mit einer Geste bat, sich neben ihn zu setzen, damit auch sie einen guten Blick auf den Computer-Monitor hatte. Kurze Zeit später erschien darauf ein Roboter-Gesicht, worauf sich Tanja ebenfalls neben Andy setzte.

»Hallo Leute, ich bin Cychros.« Das Roboter-Gesicht wandte sich dem Studenten und dem Katzenmädchen zu. »Hallo Andy! Hallo Peggy!«

Der Student grüßte freundlich zurück, während Peggy verwirrt auf den Bildschirm starrte, was Cychros nicht entging.

»Entschuldige diese Darstellung. Das ist natürlich nicht mein wahres Gesicht, sondern ein sogenannter Avatar, ein künstliches, vom Computer erschaffenes Wesen. Wir Hacker benutzen das zu unserem Schutz, weil wir manchmal Dinge tun, die nicht so ganz legal sind. So kennt nicht gleich jeder unser richtiges Aussehen. Ich habe dich damit hoffentlich nicht erschreckt.«

Das Katzenmädchen schüttelte den Kopf. »Peggy nicht erschrocken, nur verwundert.«

Tanja warf ihr einen mürrischen Blick zu, der Peggy verunsicherte.

»Freut mich übrigens deine Bekanntschaft zu machen!«, bemerkte Cychros freundlich und wandte sich dann wieder Andy zu. »Meine Kollegen und ich haben uns im Weltnetz umgeschaut und einen besonders gesicherten Bereich gefunden, der normalerweise nur sehr finanzstarken Personen zugänglich ist. Dort gibt es ein Portal, wo man tatsächlich Katzenmädchen zu recht hohen Preisen kaufen kann. Schon die ersten Sätze in deren Beschreibung machen klar, wozu diese Katzenmädchen benutzt werden: ‚Sie sind absolut gehorsam und unterwürfig, sehr robust und vertragen auch eine strengere Erziehung, jedoch trotzdem körperlich äußerst sensibel!' Das bedeutet im Klartext, dass sie hauptsächlich für eher niederträchtige und sadistische Gelüste als gehorsame Sklaven Verwendung finden. Diese Katzenmädchen können übrigens auch nicht schwanger werden, was vor allem die männlichen Kunden sehr interessieren dürfte!«

Cychros wandte sich Peggy zu. »Ich nehme an, du hast sicher auch schon einige leidvolle Erfahrungen gemacht«, worauf das Katzenmädchen den Kopf senkte und kaum merklich nickte. »Das tut mir sehr leid für dich!«, versicherte der Hacker gefühlvoll und wandte sich wieder Andy zu. »Das besonders niedliche Aussehen der Mädchen ist natürlich noch ein weiterer Pluspunkt für die Kundschaft. Vermutlich werden die Katzenmädchen durch Klonung erschaffen. Dazu haben wir noch nichts herausgefunden. Durch meinen Bruder, der bei der Polizei arbeitet, habe ich erfahren, welche Firma hinter der ganzen Aktion steckt. Er ermittelt schon länger, zusammen mit seiner Mannschaft, wegen des Menschenhandels mit den Katzenmädchen. Wir werden nun vorerst zusammenarbeiten, auch wenn das meinem Bruder zuwider ist, damit wir diesen skrupellosen Gangstern möglichst bald das Handwerk legen. Bis dahin solltet ihr äußerst vorsichtig sein! Vor allem Peggy sollte sich nicht draußen zeigen«, damit niemand erfährt, dass sie sich jetzt bei dir aufhält!«, ermahnte der Hacker Andy.

Der Student nickte, verschwieg aber, dass er mit Peggy bereits hinaus gegangen war. Zum Glück behielt Peggy diese Information auch für sich.

»Ist es in Ordnung, wenn ich meinem Bruder deine Adresse mitteile, damit er Peggy in deiner Wohnung befragen kann? Er hatte bisher noch keinen direkten Kontakt zu einem Katzenmädchen. Vielleicht kann sie ihm wichtige Informationen geben«, fragte Cychros.

Andy wechselte einen kurzen Blick mit Peggy, die nach einigem Zögern zustimmte.

»Wir sind einverstanden, solange er Peggy nur befragt. Ich lasse es nicht zu, dass er sie mitnimmt! Peggy hat schon genug ertragen und weder sie noch ich wollen voneinander getrennt werden!«, verlangte Andy nachdrücklich.

»Verständlich«, meinte Cychros einfühlsam. »Dann werde ich ihm das so sagen. Wahrscheinlich wird mein Bruder dich in den nächsten Tagen besuchen. Hier noch ein Foto von ihm, damit du ihn erkennst, wenn er vor der Türe steht.« Auf dem Bildschirm erschien eine Aufnahme von Cychros Bruder. »Sein Name ist übrigens Alex Thompson.«

»Na gut, dann warten Peggy und ich auf deinen Bruder.«

»Alles klar, dann wisst ihr jetzt Bescheid. Ich melde mich wieder, sobald ich etwas Neues erfahren habe«, sagte Cychros.

Andy bedankte sich noch für die Hilfe und die Recherchen, dann verabschiedete sich der Hacker und unterbrach die Verbindung.

»Danke auch für deine Hilfe!«, sagte der Student zu Tanja.

»Keine Ursache. Hat mich ja selbst interessiert«, antwortete Tanja. »Die Kleidung scheint Peggy ja gut zu passen. Dass sie keinen BH trägt, gefällt dir bestimmt!«

Andy verzog verärgert das Gesicht, während sich sein Blick verfinsterte. »Fängst du schon wieder mit dem Gestichel an! Sie trägt deshalb keinen BH, weil alle im Koffer zu groß für sie sind!«

»Ach so. Das hab' ich nicht gewusst«, meinte Tanja kleinlaut.

»Dann solltest du vielleicht vorher künftig nachfragen, bevor du solche Bemerkungen von dir gibst!«, knurrte Andy säuerlich.

»Tut mir leid! Dann geh' ich mal wieder«, worauf Tanja eilig den Laptop zusammenklappte. »Tschüss, schönen Abend!«, wünschte sie noch verlegen und verließ rasch Andys Wohnung, worauf der Student ihr kopfschüttelnd nachsah.

»Tanja mag Peggy nicht«, bemerkte das Katzenmädchen traurig.

»Tanja mag niemanden. Sie verhält sich zu allen so abweisend. Keiner weiß warum. Mach dir also nichts draus. Sie ist eben ein bisschen seltsam. Ansonsten ist sie aber recht hilfsbereit«, erklärte Andy und begann zu schmunzeln. »Dafür mag ich dich um so mehr!«, sagte er und hob Peggy auf seinen Schoß. »Deshalb werde ich dich jetzt erst einmal verknuddeln!« Der junge Mann umarmte Peggy und drückte sie liebevoll an sich, was Peggy lächeln ließ. Sie umarmte Andy ebenfalls und schmiegte sich an ihn. Wieder genossen beide die gegenseitige Nähe und Wärme, während sie sich streichelten und erste Zärtlichkeiten austauschten. Ihr Liebesspiel wurde immer intensiver, bis sie sich schließlich hingebungsvoll küssten, während Andy seine Hände erstmals unter Peggys T-Shirt schob und sanft ihren nackten Oberkörper streichelte, was das Katzenmädchen sichtlich genoss, bis zu dem Moment, als er sie kitzelte. Peggy sprang mit einem Schrei auf, entzog sich ihm, sah Andy ängstlich an und nahm instinktiv eine Abwehrhaltung an.

»Bitte, bitte, Peggy nicht kitzeln!«, rief sie panisch.

Andy erschrak durch ihre heftige Reaktion und sah sie verwundert an.

»Peggy wie alle Katzenmädchen sehr kitzelig! Das Mutter gerne ausnützen, Peggy aufs Bett fesseln und dann oft stundenlang kitzeln! Manchmal bis Peggy ohnmächtig wird.«

Wieder einmal war Andy schockiert. »Du meine Güte, was hat dir diese böse Frau noch alles angetan!«

»Mutter mich oft bestrafen! Schlagen, peitschen und unten wehtun war schlimm, aber kitzeln war am schlimmsten! Hat immer sehr lange gedauert!«

»Das tut mir so leid! Bitte entschuldige! Jetzt habe ich schon wieder schlimme Erinnerungen bei dir geweckt«, sagte Andy zerknirscht.

»Ist schon gut. Peggy weiß, du sie nur im Spaß kitzeln. Das aber sehr unangenehm, weil Haut von Katzenmädchen viel empfindlicher als bei anderen Menschen«, erklärte Peggy verschämt.

»Damit man euch noch besser quälen kann!«, knurrte Andy ärgerlich.

Peggy nickte mit gesenktem Blick. »Katzenmädchen zum Leiden gemacht«, flüsterte sie traurig.

Andy umarmte sie mitleidsvoll. »Ach Peggy, du armes Mädchen! Du musstest schon so viel erdulden und jetzt verursache ich dir noch zusätzliches Leid«, sagte Andy schamvoll. »Bitte entschuldige! Das wollte ich nicht!«

Das Katzenmädchen schmiegte sich an ihn. »Nein, du Peggy kein Leid zufügen! Andy guter Mensch! Ist immer lieb und gut zu Peggy gewesen!«

»Dann bist du mir nicht böse?«, fragte der junge Mann vorsichtig.

»Nein, Peggy dir nicht böse!«, versicherte das Katzenmädchen mit liebevollem Blick. »Obwohl du Peggy manchmal ärgerst«, sagte sie schmunzelnd.

»Das liegt nur daran, dass du noch süßer aussiehst, wenn du dich ärgerst«, antwortete Andy zwinkernd.

Peggy sah ihn skeptisch an, begann dann aber amüsiert zu lächeln. »Andy frech, aber lieb!« Darauf drückte sie ihm einen Kuss auf die Wange und umarmte ihn hingebungsvoll. Kurze Zeit später grummelte ihr Magen protestierend.

»Da hat wohl jemand Hunger!«, bemerkte Andy lächelnd.

»Hmmm«, bestätigte Peggy ein wenig verlegen.

»Dann lass uns gleich mal was essen«, meinte Andy, worauf Peggy begeistert nickte.

*

Nach einem reichhaltigen Abendessen schaltete Andy den Fernseher ein, was für Peggy ebenfalls völlig neu war. Der junge Mann nahm sie auf dem Sofa sitzend in den Arm, während Peggy sich wohlig an ihn kuschelte und beide die gegenseitige Nähe genossen. In den Nachrichten wurde vom Tod einer ehemaligen hochrangigen Ministerin berichtet, die vor wenigen Tagen an einem Herzinfarkt in ihrer Wohnung verstarb. Als Archivbilder von ihr gezeigt wurden, schreckte Peggy hoch.

»Das Mutter!«, rief sie aufgeregt.

»Bist du sicher?«, fragte Andy überrascht.

»Ja, ganz sicher! Das Mutter seien!«, bestätigte Peggy nachdrücklich.

Andy wurde mulmig. Nun erfuhren auch die Leute, die Peggy verkauften, vom Tod ihrer Kundin und würden nach dem Katzenmädchen suchen! Zuerst wollte er Peggy warnen, dass sie die Wohnung nicht mehr verlassen durfte. Wenn diese Gangster Peggy hier fanden, würden sie das Katzenmädchen sicher verschleppen und erneut verkaufen, doch das behielt er vorerst lieber für sich, sonst bekäme Peggy nur zu viel Angst. Sie hatte bei ‚Mutter' sicher schon genug Furcht ausgestanden! Andy würden sie sicher nicht verschonen! Somit war auch sein Leben ab jetzt in Gefahr, weshalb er froh war, wenn Cychros Bruder sie besuchte. Ihn konnte er um Schutz bitten. Die folgende Komödie vertrieb seine dunklen Gedanken nur zum Teil. Trotzdem versuchte er, seine Sorgen nicht zu zeigen, und war erfreut, dass sich Peggy wenigstens gut amüsierte und immer wieder fröhlich lachte.

*

Nach dem Film schmusten Peggy und Andy noch eine Weile, bis das Katzenmädchen schläfrig wurde. Während Peggy sich etwas später im Schlafzimmer entkleidete, erwachte in ihr der Wunsch, Andy in dieser Nacht nah zu sein, doch wie sollte sie ihm das sagen? Wenn sie ihn bat, neben ihm zu übernachten, würde er sich vielleicht mehr von ihr erhoffen. Aber Peggy war noch nicht bereit, mit ihm zu schlafen. Bisher hatte sie sexuell nur äußerst schmerzhafte Erfahrungen durch Vergewaltigungen erfahren, was ein intensives Trauma bei ihr auslöste! Deshalb hatte sie große Angst vor jeder Art von Sex, denn jegliche Berührung ihres Unterleibs würde sofort wieder die schrecklichen Erinnerungen an die früheren Misshandlungen erwecken und sie massiv in Panik versetzen! Schon beim bloßen Anblick von ‚Mutter' in den Nachrichten war die Angst wieder in ihr hochgekrochen, die sie immer beim Anblick dieser schrecklichen Frau quälte. Nur durch Andys Nähe, sein liebevolles Streicheln und die humorvolle Ablenkung durch die folgende Komödie konnte sie die Angst zum Teil überwinden. Jedoch marterte sie diese Furcht weiterhin, weshalb Peggy besonders heute Andys Nähe suchte, weil ihr Schlaf sonst sicher von Alpträumen erfüllt war! Sollte sie heute vielleicht lieber bekleidet schlafen, um Andy zu zeigen, dass sie keinen Sex mit ihm wollte, sondern nur den Wunsch hatte, heute Nacht bei ihm zu liegen? Aber die Kleidung verursachte auf ihrer teilweise wunden Haut ein unangenehmes Ziepen und Kratzen, das sie zwar tagsüber größtenteils ausblenden konnte, doch in der Nacht würde es sie am Schlafen hindern! Somit zog sie es vor, lieber unbekleidet zu übernachten. Dies würde vielleicht bei Andy zu einem Missverständnis führen, doch bisher war er immer sehr freundlich und verständnisvoll gewesen, weshalb Peggy hoffte, dass er sie nur neben sich schlafen ließ, ohne mehr von ihr zu verlangen. So verließ sie schließlich nackt den Schlafraum und ging zum Badezimmer, während Andy gerade die Schlafcouch vorbereitete. Er warf ihr ein liebevolles Lächeln zu, das Peggy ein wenig verlegen zurückgab. Bevor sie das Bad betrat, blieb sie unschlüssig stehen und traute sich kaum, Andy anzusehen, was dieser natürlich bemerkte.

»Was ist los?«, fragte er verwundert. »Stimmt etwas nicht?«

Das Katzenmädchen druckste kurz herum, bis sie den Mut fand, ihre Frage zu stellen. »Peggy hat eine Bitte«, sagte sie zögernd. »Darf Peggy heute Nacht neben Andy schlafen? Peggy macht sich auch ganz klein und wird Andy nicht stören«, meinte sie verschämt.

Der Student lächelte verständnisvoll. »Du darfst gerne neben mir schlafen. Hab' nichts dagegen«, versicherte er.

»Danke! Das sehr freundlich von dir«, antwortete Peggy erfreut, ging rasch ins Badezimmer und putzte sich die Zähne, während Andy ins Schlafzimmer eilte und Peggys Bettzeug holte, um es neben sich auf die Schlafcouch zu legen.

»Leg dich ruhig schon mal hin, ich komme gleich«, forderte der junge Mann das Katzenmädchen auf, worauf Peggy ihn gleichzeitig dankbar und verlegen ansah, während sie seiner Aufforderung folgte. Andy kam etwas später aus dem Badezimmer, löschte das Licht und legte sich auf die Couch, wobei er feststellte, dass Peggy sich ganz an den Rand presste.

»Du musst dich doch nicht an die Kante drücken! Leg dich bitte bequem hin. Hier ist genug Platz für uns beide!«, forderte Andy sie auf.

»Peggy will dich aber nicht stören«, bemerkte das Katzenmädchen unsicher.

»Du störst mich doch nicht!«, versicherte Andy. »Im Gegenteil. Ich freue mich, dass du neben mir liegst!«, worauf der junge Mann mit liebevollem Lächeln ihre Wange streichelte.

»Danke, du sehr lieb zu Peggy«, sagte das Katzenmädchen schüchtern und legte sich nach kurzem Zögern bequem hin.

»Na siehst du, so ist's doch viel besser«, meinte Andy und streichelte Peggy nochmals über die Wange, was das Katzenmädchen mit einem dankbaren Blick quittierte. Der junge Mann war sich nicht sicher, ob Peggy nur seine Nähe suchte, oder in dieser Nacht mehr von ihm wollte, was er sich jedoch nicht vorstellen konnte, weil Peggy in der Vergangenheit wohl oft vergewaltigt wurde! Das hatte sicher nicht nur körperliche, sondern vor allem seelische Wunden hinterlassen! Deshalb wollte er erst einmal abwarten und einfach nur liebevoll und zärtlich zu Peggy sein, damit sie sich in seiner Nähe sicher und geborgen fühlte. »Alles in Ordnung? Geht's dir gut?«, fragte er behutsam.

»Danke! Peggy geht es gut, fühlt sich wohl neben Andy«, antwortete das Katzenmädchen gerührt. »Hat jetzt auch keine Angst mehr.«

»Wovor hattest du denn Angst?«, fragte Andy verwundert.

»Als Peggy heute Mutter im Fernsehen gesehen, wieder Angst bekommen! Peggy immer Angst vor Mutter haben!«, erklärte sie.

»Oh je! Du Arme. Ist ja auch kein Wunder, nachdem ‚Mutter'
immer so grausam zu dir war!«, sagte Andy mitleidig. »Aber diese
schreckliche Frau kann dir zum Glück nichts mehr antun.« Er
streichelte Peggy sanft über den Kopf.

»Hmmm«, summte das Katzenmädchen bestätigend. »Peggy jetzt
bei Andy und Andy sehr lieb zu Peggy!«, sagte sie mit einem
warmherzigen Lächeln.

»Freut mich, wenn du dich bei mir wohl fühlst. Ich hab' dich
nämlich auch sehr lieb!«, bestätigte Andy und streichelte Peggy
nochmals.

»Peggy hat Andy auch lieb!«, versicherte das Katzenmädchen
schüchtern mit liebevollem Lächeln und rückte etwas näher an den
jungen Mann heran. »Darf Peggy Andy in den Arm nehmen?«,
bat sie schüchtern.

»Gerne!«, erwiderte der junge Mann erfreut und rückte auch an
Peggy heran, worauf sich beide glücklich umarmten.

Das Katzenmädchen schmiegte sich an den jungen Mann und genoss
erstmals die großflächige Berührung mit seiner nackten Haut, denn
Andy trug über Nacht nur einen Slip, wobei Peggy ein angenehmer
Schauer durchflutete! Als er sie dann sanft streichelte, war Peggy
glücklich wie noch nie, weshalb sich ihre Augen mit Freudentränen
füllten. »Danke, dass du so lieb zu Peggy«, flüsterte sie mit rauer
Stimme. »Macht Peggy sehr glücklich!«

»Du machst mich auch glücklich!«, meinte Andy gerührt und
gab Peggy einen sanften Kuss, die sich überglücklich an ihn schmiegte
und seine Nähe genoss, während er sie weiter streichelte und liebkoste. Durch seine Berührungen mit ihrer nackten Haut spürte der
junge Mann Peggys zahlreichen Narben, was ihn erneut erschütterte!
Was musste dieses arme Mädchen nur alles erleiden! Doch wenigstens
war sie nun bei ihm glücklich. Andy konnte hoffentlich mit der
Zeit auch ihre seelischen Wunden heilen, was sicher nicht einfach
war, nachdem, was Peggy alles durchgemacht hatte! Doch er wollte

ihr zumindest die Sicherheit, Pflege, Liebe und Geborgenheit geben, die Peggy schon so lange vermisste, und ihr ein guter, liebevoller Partner sein!

Peggy hatte inzwischen das Gefühl zu schweben und wollte Andy am liebsten nie mehr loslassen! Dies war ein Moment absoluten Glücks und Peggy genoss ihn sehr! Zuerst erfreute sie sich nur an Andys warmer Haut auf ihrer und seinem sanften Streicheln, doch schließlich gab sie seine Zärtlichkeiten und Liebkosungen auch an ihn zurück, wobei sie sich auch immer wieder küssten. Das Katzenmädchen freute sich sehr, dass Andy so viel Geduld aufbrachte, und nicht mehr von ihr forderte, als sie in dieser Nacht bereit zu geben war. Das ließ ihre Liebe und ihr Vertrauen in ihn weiter wachsen und ihr wurde klar, in ihm genau den richtigen Partner gefunden zu haben! So genossen beide die gegenseitige Nähe und tauschten noch längere Zeit intensiv Zärtlichkeiten und Küsse aus, bis sie schließlich spät in der Nacht in liebevoller Umarmung mit einem Lächeln auf den Lippen ins Traumland wechselten.

*

Am nächsten Morgen erwachte Andy noch vor Peggy, die weiterhin an ihn geschmiegt neben ihm schlief. So blieb der junge Mann weiter liegen und genoss die Berührung von Peggys warmem Körper, bis sie einige Zeit später etwas verschlafen die Augen öffnete.

»Guten Morgen«, begrüßte er sie und gab dem Katzenmädchen einen Kuss.

Peggy gab den Gruß schüchtern zurück, sah Andy liebevoll an und umarmte ihn. »Danke, dass Andy heute Nacht so lieb und zärtlich zu Peggy war.«

»Für mich war es auch sehr schön, dir so nahe zu sein«, antwortete der Student und streichelte das Katzenmädchen, die darauf verlegen den Blick senkte.

»Peggy muss dir noch etwas gestehen«, sagte sie unsicher und sah Andy ängstlich an. »Mutter mir oft da unten wehtun«, wobei sie kurz den Blick auf ihren Unterleib richtete. »Immer wenn Peggy da unten berührt wird, Peggy bekommt Panik. Deshalb hat Peggy viel Angst vor Sex. Wird vielleicht nie Sex haben können«, bemerkte sie verschämt und sah den jungen Mann traurig an. »Dann Peggy vielleicht langweilig für Andy sein. Andy dann Peggy nicht mehr lieben, vielleicht sogar Peggy fortschicken...«, flüsterte sie mit tränenerstickter Stimme und begann leise zu weinen.

»Aber nein!«, sagte der junge Mann eindringlich und streichelte Peggy. »Ich werde dich bestimmt nicht fortschicken! Dafür hab' ich dich doch viel zu lieb! Außerdem kannst du doch nichts dafür, dass ‚Mutter' dich so oft vergewaltigt hat und du deshalb traumatisiert bist! Das würde mir genauso gehen! Dann hätte ich auch Angst vor Sex! Das ist völlig in Ordnung! Deshalb bist du für mich auch sicher nicht langweilig! Auch wenn wir keinen Sex miteinander haben können, dann kuscheln wir eben nur zusammen, so wie wir es letzte Nacht gemacht haben. Das ist doch auch sehr schön! Keine Angst! Du bist nicht langweilig und ich wünsche mir nichts mehr, als mit dir zusammen zu sein, denn du bist ein ganz besonderer Mensch!«

»Du ... Peggy ... nicht fortschicken?«, fragte das Katzenmädchen hoffnungsvoll.

»Nein, bestimmt nicht!«, versicherte Andy entschieden und schenkte Peggy einen liebevollen Blick. »Wie gesagt, dafür hab' ich dich viel zu lieb!«

»Aber Peggy macht viel falsch! Mutter oft mit Peggy schimpfen und sie bestrafen, weil sie so viele Fehler macht. Peggy weiß zwar manchmal nicht warum, aber Mutter oft sehr böse auf Peggy sein! Andy dann vielleicht auch böse auf Peggy und sie nicht mehr lieb haben...« Wieder versagte ihr die Stimme und das Katzenmädchen sah Andy verzweifelt an.

»Nein! Ich werde dir ganz sicher nicht böse sein, wenn du mal etwas falsch machst! Jeder macht mal Fehler. Das ist doch nicht schlimm! ‚Mutter' war eine sehr böse Frau, die Freude daran hatte dir weh zu tun! Deshalb hat sie dich so oft beschuldigt etwas falsch zu machen! Das stimmte aber gar nicht! Und selbst wenn du mal etwas falsch machst, ist das doch kein Grund, gleich böse auf dich zu sein! Keine Sorge! Ich werde deshalb bestimmt nicht mit dir schimpfen, oder dich sogar nicht mehr mögen! Ganz bestimmt nicht!«, sagte Andy beruhigend und streichelte Peggy. »Wenn du etwas falsch machst, dann...«, sagte er lächelnd und biss das Katzenmädchen sanft in die Nase, worauf Peggy kurz erschrak! Doch als sie ihn zwinkern sah, wurde ihr klar, dass es nur Spaß war, was ihr ein Lächeln entlockte.

»Du Peggy in die Nase beißen, wenn sie etwas falsch macht?«, fragte sie amüsiert.

»Genau!«, bestätigte Andy und gab ihr einen Kuss.

Das Katzenmädchen umarmte ihn glücklich. »Danke, dass du so lieb und verständnisvoll! Peggy wird sich Mühe geben, wenig Fehler zu machen.«

»Damit ich dich nicht in die Nase beiße?«, fragte Andy scherzhaft.

Peggy kicherte vergnügt und nickte. »Damit Andy Peggy auch weiterhin lieb hat!«

»Du bist so süß, gütig und warmherzig, dass man dich auf jeden Fall lieb haben muss!«, meinte Andy und gab ihr nochmals einen Kuss, worauf Peggy sich verlegen für das Kompliment bedankte. Sein Blick streifte zufällig die Uhr. »Oh, schon so spät! Ich glaube, wir sollten aufstehen, aber vorher verknuddel ich dich nochmal!« Er drehte sich auf den Rücken und zog Peggy mit sich, die so auf ihm zu liegen kam. Darauf schmusten die beiden noch kurz miteinander. »Willst du mit mir duschen?«, fragte der Student behutsam.

»Wenn Andy das möchte«, willigte Peggy schmunzelnd ein, gab dem jungen Mann einen Kuss und erhob sich mit ihm.

Unter der Dusche sah Peggy ihren Partner erstmals völlig entkleidet, was sie zuerst verlegen machte, doch als er sich an sie schmiegte und sanft streichelte, genoss sie wieder seine Nähe. Obwohl sie schon eine zärtliche Nacht mit ihm verbracht hatte, war es doch noch einmal erregend, von ihm sanft eingeseift zu werden, wobei Andy vermied, ihren Unterleib zu berühren, wofür ihm Peggy sehr dankbar war. Der anschließende Aufenthalt unter der warmen Brause war für beide genussvoll, während sie sich aneinander schmiegten und küssten, bis der Hunger ihrem zärtlichen Spiel ein Ende setzte.

*

Kurz nach dem Frühstück läutete die Türklingel. Andy sah auf dem kleinen Monitor neben der Türe Alex Thompson, den Bruder von Cychros, zusammen mit einem fremden Mann stehen. Als der Student vorsichtig öffnete, zeigten ihm die beiden Männer ihre Polizeiausweise, worauf Andy sie eintreten ließ. Keiner bemerkte dabei die kleine Drohne, die neben der Türe in einer dunklen Nische stand. Alex Kollege stellte sich als Frank Miller vor, worauf die Polizisten dem Studenten in die Wohnung folgten. Peggy hatte sich ins Schlafzimmer verzogen, weil sie die Polizisten nicht kannte und sich vor ihnen fürchtete.

Alex nahm gegenüber von Andy Platz, während Frank am Fenster stehen blieb. »Bitte entschuldige die frühe Störung. Cychros hat mir gesagt, dass du ein Katzenmädchen gefunden und bei dir aufgenommen hast.«

Andy nickte und schilderte dann, was am vergangenen Wochenende passiert war. Alex machte sich ein paar Notizen und wollte dann Peggy sehen, weshalb sich Andy erhob und das Katzenmädchen aus dem Schlafzimmer holte. Peggy schmiegte sich ängstlich an ihn, während sie neben Andy auf dem Sofa saß. Alex wollte zuerst wissen, wie sie ihrer Besitzerin entkommen war, also erzählte ihm Peggy, was am Freitagabend passiert war, bis Andy sie zwischen den Abfalltüten fand. Sie zeigte ihm auch einige ihrer Verletzungen, worüber die Polizisten erschraken. Andy erzählte darauf, wie Peggy am Vorabend ihre Besitzerin im Fernsehen wiedererkannte, wodurch Alex und Frank bewusst wurde, dass sich die verbrecherischen Tätigkeiten um die Katzenmädchen bis in die höchsten Kreise erstreckte.

In diesem Moment rief Frank alarmierend: »Wir bekommen Besuch. Auf dem Parkplatz ist gerade ein Lieferwagen vorgefahren, aus dem zehn schwer bewaffnete Männer ausgestiegen sind, die auf das Haus zulaufen! Das sind die Typen von der Katzenmädchen-Bande! Wir müssen schleunigst weg von hier!«

Alex sprang auf. »Los, sofort aufs Dach! Dort erwischen sie uns nicht so schnell!«, rief er. Als Andy und Peggy ihn verdattert ansahen und sich nicht von der Stelle rührten, kommandierte er lautstark: »Macht schon! Bewegt euch!« Dann rannte er zur Türe. Der Student erwachte zuerst aus seiner Starre, erhob sich rasch und zog Peggy mit sich, gefolgt von Frank. Alle hasteten in den Hausgang hinaus, auf das Treppenhaus zu.

»Nicht das Treppenhaus! Durch den Wartungsaufgang sind wir schneller!«, empfahl Andy.

»Der ist doch abgeschlossen!«, widersprach Alex.

»Nein, das Schloss ist kaputt!«, erklärte Andy, der wenige Schritte später dort ankam und die Türe aufstieß, worauf alle vier Personen den Wartungsaufgang hinauf hetzten. Kaum hatte sich die Türe hinter den Flüchtenden geschlossen, eilten die Gangster aus dem Treppenhaus auf Andys Wohnung zu und traten die Türe ein. Mittlerweile erreichten Alex, Frank, Andy und Peggy das Dach und versteckten sich zwischen den Schornsteinen. Die Polizisten zogen ihre Waffen, um den Student und das Katzenmädchen zu sichern. Frank hatte inzwischen einen Notruf abgesetzt und Verstärkung erbeten. So kauerten sie ängstlich auf dem Dach, wo sie nicht lange warten mussten. Wenig später betraten die Gangster vorsichtig das Areal und verteilten sich. Eine kleine Drohne schwebte plötzlich hinter den Geflüchteten.

»Verdammt, jetzt wissen sie, wo wir sind«, flüsterte Frank und spähte behutsam um den Schornstein herum, wo er auch schon die ersten Gangster auf sich zukommen sah, die sie in die Zange nehmen wollten! In diesem Moment eröffneten die Polizisten das Feuer und hielten die Gangster auf Abstand. Peggy zuckte zusammen und schmiegte sich zitternd mit angstvollem Blick an Andy, der sie in seinen Armen hielt und sich wegduckte. Gleich darauf rasten die ersten Polizeidrohnen heran und nahmen die Gangster unter Feuer, die jedoch weitere Drohnen aufsteigen ließen, so dass es auf dem Dach zu einem heftigen Feuergefecht kam! Kurze Zeit später erreichten die ersten Polizeigleiter das Dach, wovon einer direkt vor den Flüchtigen landete. Die Türe wurde rasch geöffnet, welche von zwei Drohnen flankiert wurde, die Alex, Frank, Andy und Peggy Feuerschutz gaben, während die vier Personen auf den Gleiter zu rannten und eilig einstiegen. Noch während sich die Türe schloss hob der Gleiter ab und raste davon.

»Ist jemand verletzt?«, fragte Alex.

Andy, Peggy und Frank schüttelten die Köpfe.

»Alles in Ordnung, uns geht es gut«, versicherte Andy, der die zitternde Peggy weiter im Arm hielt.

»Brauchst keine Angst mehr zu haben, jetzt seid ihr in Sicherheit«, wandte sich Frank beruhigend an Peggy, die ihm einen dankbaren Blick zuwarf.

Auf einmal näherte sich eine der Drohnen und schwebte kurz vor Peggy, worauf das Katzenmädchen wieder erschrocken zusammenzuckte. Dann wandte sich die Drohne an Alex. »Diese

Person trägt einen Peilsender im Körper. Das Signal ist deutlich erkennbar!«

»Wusstest du davon?«, fragte der Polizist Peggy.

»N ... n ... nein«, stotterte Peggy verstört.

Alex und Frank wechselten einen kurzen Blick.

»Kein Wunder haben die Gangster euch so schnell gefunden«, meinte Frank. »Vermutlich tragen alle Katzenmädchen ohne es zu wissen einen Peilsender. Dadurch können die Gangster sie leicht überwachen und ihre Position feststellen.«

Alex nickte. »Sieht so aus. Diese Typen haben wirklich an alles gedacht!«

»Das gibt uns jetzt aber auch die Möglichkeit, weitere Katzenmädchen zu finden. Wir müssen nur das Frequenzband der Peilsignale durchsuchen, dann dürfte es recht leicht sein, weitere Katzenmädchen zu orten. Dafür brauchen wir nur unsere Minidrohnen aussenden, die großflächig die Umgebung abtasten«, erklärte Frank.

»Gute Idee!«, lobte Alex.

In diesem Moment landete der Gleiter in der Polizeistation, worauf Andy und Peggy von Frank in die Pathologie gebracht wurden, wo eine Mitarbeiterin die Position des Peilsenders in Peggys Körper ermittelte. Wie sich herausstellte, war der Sender nahe der Wirbelsäule eingesetzt worden, wo er nur sehr schwer zu entfernen war! Außerdem war er mit mehreren Blutgefäßen verbunden, was darauf schließen ließ, dass der Sender einen Sicherungsmechanismus besaß, was dessen Entfernung noch schwieriger machte! Die Mitarbeiterin setzte sich mit mehreren Chirurgen in Verbindung, um mit ihnen an einer Lösung des Problems zu arbeiten. Inzwischen hatte Alex mehrere Telefonate geführt, dabei jedoch nur erfahren, dass keines der Gebäude, welche für den Zeugenschutz genutzt wurden, eine Abschirmung gegen Funksignale besaß. Somit gab es für Andy und Peggy dort keine sichere Bleibe! In seiner Verzweiflung wandte sich Alex schließlich an seinen Bruder, der tatsächlich das Problem lösen konnte, denn er besaß in seinem Haus im Untergeschoss eine abgeschirmte Einliegerwohnung. Cychros sandte seine Freundin Linda mit einem Lieferwagen zur Polizeistation, die dort kurze Zeit später in der Tiefgarage eintraf, wo Alex bereits mit Andy und Peggy auf sie wartete.

Die junge Frau stieg aus dem unscheinbaren, grauen Transporter und begrüßte Alex mit einer Umarmung, der ihr darauf seine Schützlinge vorstellte. Linda war genauso groß wie Peggy und schien auch etwa im gleichen Alter zu sein. Sie begrüßte den jungen Mann und das Katzenmädchen erfreut, öffnete dann die Seitentüre des Lieferwagens und machte eine einladende Geste. »Dann springt mal rein. Die Karre ist übrigens auch abgeschirmt, so dass die fiesen Typen euch darin nicht finden. Ihr braucht also keine Angst zu haben. Macht's euch einfach bequem.«

»Und haltet euch gut fest, sie fährt nämlich wie der Henker!«, riet Alex grinsend.

Linda stemmte in gespielter Empörung die Arme in die Seiten. »Gar nicht wahr!«, polterte sie, was Alex mit einem skeptischen Blick quittierte.

Dann wurde er wieder ernst. »Macht euch keine Sorgen, bei meinem Bruder seid ihr sicher. Übrigens haben wir die Gangster, die uns in eurer Wohnung überfallen wollten, alle festgenommen und verhören sie gerade. Wir informieren euch, sobald wir in dem Fall weiter gekommen sind, und auch, wenn wir wissen, wie wir den Sender aus Peggys Körper gefahrlos entfernen können. Bis dahin erst mal alles Gute«, wünschte der Polizist.

»Danke für die Hilfe! Ihr habt uns vorhin das Leben gerettet«, bedankte sich Andy.

»Gern geschehen. Dafür sind wir ja da!«, bestätigte Alex mit einem freundlichen Wink und verschloss darauf die Fahrzeugtüre. Linda stieg ebenfalls ein, winkte noch einmal fröhlich und fuhr dann los.

Kurze Zeit später wurde ein Bildschirm an der Wand des bequemen Passagierraums im Transporter aktiviert, der Lindas Gesicht zeigte. »Hey Leute, alles in Ordnung bei euch?«, fragte die junge Frau.

»Danke, uns geht es gut«, bestätigte Andy, was Peggy mit einem Nicken bekräftigte.

»Ich hoffe, ich fahr nicht zu schrecklich«, bemerkte Linda grinsend.

»Alles bestens! Noch ist uns nicht schlecht!«, konterte Andy schmunzelnd.

»Dann ist's ja gut!«, meinte Linda amüsiert. »In ein paar Minuten habt ihr's hinter euch.«

»Alles klar!«, sagte Andy lachend, wobei auch Peggy fröhlich kicherte.

Tatsächlich wurde das Fahrzeug etwas später abgestellt.

»Bitte wartet noch kurz, bis das Garagentor geschlossen ist, dann dürft ihr aussteigen«, bat Linda.

»Ist gut, machen wir«, bestätigte Andy.

Wenige Augenblicke später öffnete Linda die Seitentür des Transporters. »So, dann mal raus mit euch! Herzlich willkommen in Cychros geheimem Reich!« Die junge Frau führte Andy und Peggy durch einen Kellergang, der an einer unscheinbaren Wand endete. Dort berührte Linda mehrere unsichtbare Kontakte, worauf die Wand zur Seite glitt und den Zugang zu einem kleinen Vorraum freigab, den die drei betraten, worauf sich die Wand hinter ihnen wieder schloss und die Beleuchtung automatisch angeschaltet wurde. Linda führte sie in einen weiteren Gang, von dem mehrere Türen abgingen, die zu den verschiedenen Zimmern der Wohnung führten.

»Wow, eine Wohnung mit Geheimtüre«, witzelte Andy.

Linda kicherte vergnügt. »Die hat Cychros gemacht, falls er sich mal vor jemandem verstecken muss. Jetzt dürft ihr euch hier verstecken.« Dann führte die junge Frau Andy und Peggy weiter durch die Wohnung, welche ein Schlafzimmer, ein Wohnzimmer, ein Esszimmer eine Küche, ein Badezimmer eine zweite Toilette und einen Abstellraum besaß. Es gab in keinem Raum Fenster, dafür aber Bildschirme, die Fenster mit angenehmem Ausblick simulierten. Dazu war die Wohnung vollklimatisiert. Die Strom- und Wasserversorgung war unabhängig vom Rest des Hauses und tief im Boden verlegt, so dass sie praktisch nicht unterbrochen werden konnte!

»In der Küche und im Abstellraum lagern Vorräte für zwei Monate. Die Klamotten dürften nur Andy passen. Für dich sind sie zu groß, Peggy. Ich werde dir vorerst mal ein paar meiner Klamotten leihen, bis ich welche für dich besorgt habe. Ist das in Ordnung?«, fragte Linda.

»Danke, das sehr freundlich von dir«, antwortete Peggy.

»Prima, dann saus ich gleich zu mir rüber und hol dir was zum Anziehen«, sagte Linda, zeigte Andy und Peggy noch den Mechanismus zum Öffnen der Geheimtüre, flitzte davon und brachte kurze Zeit später die versprochene Kleidung für Peggy. Dann zeigte sie den beiden neuen Bewohnern noch die Benutzung der Sprech- anlage, falls sie mit Cychros sprechen wollten. »Soweit alles klar, oder habt ihr noch Fragen?« Andy und Peggy wechselten einen kurzen Blick und schüttelten die Köpfe. »Prima, dann lasst es euch gutgehen und bleibt bitte möglichst in der Wohnung, weil nur die abgeschirmt ist, damit man euch nicht findet.«

»Ist gut, machen wir. Danke für alles!«, antwortete Andy.

»Gerne!«, sagte Linda noch fröhlich und verließ die beiden mit einem letzten Wink.

Andy blickte ihr lächelnd nach und wandte sich Peggy zu, die ihn jedoch nur traurig, mit feuchten Augen ansah, dann rannte das Katzenmädchen ins Wohnzimmer, warf sich auf die Couch und begann zu weinen. Andy eilte ihr hinterher, setzte sich neben Peggy und nahm sie in den Arm. »Hey, was hast du denn?«, fragte er behutsam.

»Peggy ... gefährlich ... für Andy«, presste sie mit tränenerstickter Stimme hervor. »Andy heute beinahe gestorben ... wegen Peggy ... deshalb muss Andy ... Peggy fortschicken.« Sie sah ihn verzweifelt mit Tränen in den Augen an. »Peggy muss gehen ... weil Andys Leben ... sonst in Gefahr! Aber dann ... Peggy wieder alleine! Hat wieder keinen Menschen ... der sie lieb hat. Peggy will nicht fortgehen! Muss aber fortgehen ... weil Andy sonst in großer Gefahr! Peggy hat Angst! Weiß nicht mehr, was sie tun soll...« Ihre Stimme brach und sie begann heftig zu weinen.

Andy drückte sie an sich und streichelte sie sanft. »Nicht doch! Du musst nicht fortgehen! Dafür hab' ich dich viel zu lieb! Als ich dich damals nackt, fast erfroren und verhungert fand, hab ich mir fest vorgenommen, für dich da zu sein, dir zu helfen und beizustehen, was auch immer passiert! Mir war klar, dass das nicht ungefährlich ist, aber das ist mir egal! Alleine hast du doch gar keine Chance in dieser Welt! Deshalb werde ich dich auch weiterhin beschützen und für dich sorgen, egal was es mich kostet, denn ich habe in dir endlich die Partnerin gefunden, die ich schon so lange suche! Bitte bleib bei mir! Ich brauch dich!«

»Du Peggy nicht fortschicken?«, fragte das Katzenmädchen schniefend.

»Nein, ganz sicher nicht!«, bestätigte Andy eindringlich.

»Du Peggy trotzdem liebhaben, auch wenn gefährlich für dich?«, fragte sie hoffnungsvoll.

»So sehr, wie man nur jemanden lieben kann!«, versicherte der junge Mann, drückte das Katzenmädchen an sich und küsste Peggy, die sich darauf mehr als erfreut an ihn schmiegte.

»Danke! Du ganz arg lieber Mensch«, flüsterte sie mit rauer Stimme. »Peggy aber trotzdem ein schlechtes Gewissen, weil Andy in Gefahr bringt.«

»Das musst du nicht! Du kannst doch nichts dafür, dass alles so gekommen ist. Daran sind einzig diese Gangster schuld! Deshalb werde ich alles tun, damit sie dafür bestraft werden und wir dann in Ruhe und Frieden miteinander leben können«, sagte Andy entschieden.

»Das wäre sehr schön«, antwortete Peggy hoffnungsvoll.

Schuldig

Etwa zur gleichen Zeit erhielt Alex einen Anruf von Cychros. »Hallo Bruderherz, es dürfte dich sicher interessieren, dass wir den Standort des Servers herausgefunden haben, über den die Weltnetz-Seite der Katzenmädchen betrieben wird.« Darauf gab ihm der Hacker die Koordinaten. »Genau an dieser Stelle liegt eine Pharma-Firma, die zurzeit wirtschaftlich floriert und recht erfolgreich ist. Eigentlich der ideale Ort, um nicht nur Medikamente, sondern auch Katzenmädchen herzustellen. Oberflächlich ist die Firma unscheinbar und sieht aus, wie jedes andere Unternehmen dieser Art. Ich vermute jedoch, dass der Gebäudekomplex zahlreiche unterirdische Etagen besitzt, wo die Gangster ihr Unwesen treiben. Man könnte ja einmal mit einem Satelliten die innere Bodenstruktur der Umgebung prüfen. Soll ich das für dich erledigen?« Das Robotergesicht auf dem Bildschirm grinste breit.

»Untersteh dich! Das erledigen wir!«, polterte Alex, worauf Cychros amüsiert auflachte. »Werde ich gleich in Auftrag geben. Ich sag dir dann Bescheid, was wir herausgefunden haben. Bis dahin wäre ich dir dankbar, wenn du erstmal nichts weiter unternimmst, damit die Gangster nicht bemerken, dass wir sie observieren.«

»Aber klar doch, Bruderherz! Du kennst mich doch gut.«, flötete Cychros.

»Gerade deshalb mache ich mir ja Sorgen!«, konterte Alex scheinbar verärgert, was Cychros erneut zum Lachen brachte.

»Dann wünsche ich noch viel Erfolg!«, bemerkte der Hacker.

»Danke! Können wir gebrauchen! Und danke auch für deine Hilfe!«, antwortete Alex und beendete das Gespräch. »Wie soll ich das nur meinem Chef erklären?«, flüsterte der Polizist in gespielter Verzweiflung.

*

Einige Stunden später lag das Ergebnis der Satellitenmessung vor. Ein Nebengebäude der Pharma-Firma erstreckte sich tatsächlich bis tief unter die Erde und zeigte dort auch zahlreiche starke Energie-Emissionen! Dieses Gebäude wurde auch besonders stark von mehreren Drohnen überwacht, was ebenfalls auffällig war.

»Jetzt sollte man nur noch wissen, was da drinnen vor sich geht«, sagte Frank Miller.

»Dürfte schwierig werden, bei der intensiven Überwachung. Die würden selbst unsere kleinsten Drohnen sofort entdecken«, antwortete Alex.

»Ich befürchte, dann müssen wir mit dem Geheimdienst zusammen-arbeiten. Die haben vielleicht noch kleinere Drohnen«, schlug Frank vor.

Alex verzog das Gesicht. »Dann meinen die gleich wieder, alles übernehmen zu müssen, und wir sind das Projekt los! Nein danke, die werde ich erst anrufen, wenn es keine andere Möglichkeit gibt.«

Der Polizist überlegte kurz. In diesem Moment kam die Sekretärin und legt ihm das Verhörprotokoll der Gangster, die Andy und Peggy überfielen, auf den Tisch. Alex bedankte sich und öffnete das Dokument, während Frank mit las.

»Wie ich's mir dachte! Die Typen sind nur Söldner und haben keine Ahnung von den inneren Abläufen. Das bringt uns nicht weiter!«, brummte Frank.

»Hmmm«, summte Alex verärgert und warf das Protokoll auf den Schreibtisch. »Leider wissen die jetzt auch, dass wir Peggy haben und werden sich erst einmal längere Zeit unauffällig verhalten, was bedeutet, dass die Überwachung des Unternehmens nichts bringt!«

»Leider!«, bestätigte Frank säuerlich.

In diesem Moment bekam Alex einen Anruf aus der Pathologie. Sabrina, die Mitarbeiterin, welche sich mit den Chirurgen wegen der Entfernung des Peilsenders in Peggys Körper besprochen hatte, bat um ein Gespräch. »Hoffentlich hat sie wenigstens gute Nachrichten.«

»Hoffe ich auch«, bemerkte Frank. Dann machten sich die beiden Polizisten auf den Weg zur Forensik.

*

Nachdem Peggy sich wieder beruhigt hatte und in ein Buch vertieft war, benutzte Andy die Sprechanlage im Nebenraum. Wenige Augenblicke später meldete sich Cychros,

»Hey Andy, alles klar bei euch?«, fragte der Hacker.

»Danke, uns geht's gut«, antwortete Andy. »Ich mache mir aber Sorgen wegen Tanja! Nicht auszudenken, wenn die Gangster sie in ihre Gewalt bringen!«

»Das brauchst du nicht zu befürchten. Kurz nach dem Überfall der Gangster habe ich Alex auf Tanja aufmerksam gemacht, weshalb die Polizei sie inzwischen abgeholt und ins Zeugenschutzprogramm gesteckt hat. Ihr geht es gut und sie ist außer Gefahr an einem geheimen Ort untergebracht.«

»Das ist prima! Danke, dass du dich gleich um ihren Schutz gekümmert hast«, sagte Andy erleichtert.

»Keine Ursache! Sie gehört ja inzwischen fast schon zu meinem Team, auch wenn sie manchmal ziemlich launig und grantig wird.« Das Robotergesicht auf dem Bildschirm zog eine Grimasse.

»Da hast du allerdings recht!«, sagte Andy lachend. »Alles klar, dann muss ich mir um Tanja wenigstens keine Sorgen machen.«

»Das nicht! Aber mach dich drauf gefasst, dass sie dich nach der Sache anfährt, weil du sie in diese Situation gebracht hast«, warnte Cychros grinsend.

»Hab ich mir schon gedacht. Na ja, ich werd's überleben«, bemerkte Alex lächelnd.

»Hoffe ich!«, meinte der Hacker zwinkernd. »Kann ich sonst noch etwas für euch tun?«

»Nein danke, wir haben alles, was wir brauchen. Danke übrigens, dass wir hier wohnen dürfen!«, bemerkte der Student.

»Ist doch klar! Schließlich ist das der einzig sichere Ort, wo sie Peggys Peilsender nicht orten können. Wie hat sie denn die ganze Sache verkraftet?«, erkundigte sich Cychros.

»Peggy ist noch etwas ängstlich, aber sie hält tapfer durch. Momentan lenkt sie sich mit einem Buch ab«, erklärte Andy.

»Gutes Mädchen!«, lobte der Hacker. »Sie braucht sich wirklich keine Sorgen zu machen. Diese Wohnung ist nicht nur abgeschirmt, sondern wie das ganze Haus mit zahlreichen Überwachungs- und Sicherheitssystemen ausgestattet, so dass sich niemand unbemerkt nähern kann. Ihr seid hier absolut sicher!«

»Gut zu wissen! Falls ich dich übrigens irgendwie unterstützen soll, dann sag bitte Bescheid. Ich bin zwar nicht so erfahren wie du, aber ich kenne mich auch schon recht gut mit Computern aus«, erklärte Andy.

»Ist in Ordnung. Ich melde mich, wenn ich dich brauche. Übrigens wissen wir inzwischen, welche Firma hinter der Sache mit den Katzenmädchen steckt. Vielleicht können wir ihnen bald das Handwerk legen.«

»Das wäre klasse! Dann will ich dich nicht länger aufhalten. Und nochmals danke für deine Hilfe!«, sagte Andy.

»Gern geschehen!«, erwiderte Cychros und beendete das Gespräch.

Andy ging zurück ins Wohnzimmer, um Peggy zu erzählen, was er erfahren hatte, worauf sich das Katzenmädchen erleichtert an ihn schmiegte.

»Peggy froh, dass Andy und Peggy hier sicher. Peggy große Angst vor den Gangstern.«

»Die hatte ich nach dem Überfall auch, aber hier kann uns nichts passieren«, meinte Andy beruhigend und streichelte Peggy.

»Danke, dass du dich so lieb um Peggy kümmerst und sie beschützt. Andy sehr lieber Mensch!«

»Du bist auch total lieb«, antwortete der Student gerührt und gab dem Katzenmädchen einen Kuss.

»Darf Peggy heute Nacht wieder neben Andy schlafen. Dann Peggy nachts keine Angst«, sagte das Katzenmädchen mit einem um Verständnis bittenden Blick.

»Natürlich darfst du heute Nacht wieder bei mir liegen. Es tut gut, dich neben mir zu spüren«, versicherte der Student, worauf Peggy sich schüchtern bedankte und erneut an ihn schmiegte.

*

»Ich habe inzwischen mit mehreren Chirurgen gesprochen, doch keiner von denen traut sich zu, eine Operation an dieser sensiblen Stelle durchzuführen, um den Peilsender aus Peggys Körper zu entfernen«, erklärte Sabrina. »Alle sagen, es gibt nur einen Chirurgen, der das könnte. Ein gewisser Simon Cox, doch von dem haben die Kollegen schon einige Jahre nichts mehr gehört, seit er an seiner letzten Arbeitsstätte gekündigt hat. Keiner weiß, wo er zurzeit arbeitet. Der scheint irgendwie abgetaucht zu sein.«

Frank und Alex wechselten einen kurzen Blick.

»Klingt interessant! Dann sollten wir uns mal um diesen Simon Cox kümmern. Danke Sabrina für deine Recherchen! Du hast uns damit echt weitergeholfen! Gut gemacht!«, lobte Alex die Mitarbeiterin aus der Pathologie und erhob sich zusammen mit Frank.

»Gern geschehen! Ich hoffe, ihr findet diesen Simon Cox bald«, antwortete Sabrina.

»Bestimmt!«, bemerkte Alex mit Verschwörermiene und verließ mit seinem Kollegen die Pathologie.

Kurze Zeit später hatte Alex Team zahlreiche Informationen über den abgetauchten Chirurgen zusammengetragen.

»Simon Cox wohnt inzwischen in einer ziemlich noblen Gegend und hat dort eine recht große Villa gebaut. Er fährt auch einen sündhaft teuren Sportwagen einer Nobelmarke, durch dessen Navigationsgerät wir seine Fahrten nachverfolgen konnten. Dabei stellte sich heraus, dass er regelmäßig zu dieser Pharmafirma fährt, in der wahrscheinlich die Katzenmädchen erschaffen werden. Diese Firma bezahlt ihm auch ein regelmäßiges Gehalt, das etwa dem eines guten Chirurgen entspricht. Das ist aber längst nicht genug, damit er sich so ein luxuriöses Leben leisten kann! Also haben wir ein wenig tiefer gegraben und ein weiteres geheimes Konto gefunden, auf das regelmäßig eine große Geldsumme von der Pharmafirma überwiesen wird, die das Gehalt von Mister Cox deutlich übersteigt! Im Gegensatz zu seinem Einkommen hat er diese zusätzlichen Einnahmen bisher nicht versteuert! Damit können wir ihn zumindest wegen massiver Steuerhinterziehung anklagen!«, erklärte Frank genüsslich.

»Prima! Somit haben wir den Fisch an der Angel! Dann sollten wir uns den Herrn zu gegebener Zeit einmal vornehmen. Wenn wir ihm bei entsprechender Kooperation Strafmilderung zusichern, haben wir einen wichtigen Zeugen gegen die Gangster und vielleicht sogar den Chirurgen, der den Katzenmädchen die Peilsender entfernen kann. Also schlagen wir zwei Fliegen mit einer Klappe!«, sagte Alex triumphierend.

»Dann können wir ja demnächst losschlagen«, bemerkte Frank.

*

Als Peggy an diesem Abend neben Andy lag, erfuhr der Student ein weiteres erschütterndes Detail von dem Katzenmädchen.

»Peggy dir erzählen, dass sie Angst bekam und weglief, als sie Mutter tot aufgefunden. Peggy aber nicht Angst, weil Mutter tot war, sondern dass Peggy an anderen bösen Menschen verkauft wird. Peggy hätte das nicht ertragen. Deshalb sie weglaufen! Draußen war aber sehr kalt und Peggy hat schrecklich gefroren, konnte aber nicht zurück in Haus von Mutter. Dann Peggy hat warme Abfallsäcke gefunden und sich damit zugedeckt, war aber trotzdem zu kalt. Mutter immer sagen, Peggy nichts wert und sinnlos wie Abfall. Deshalb Peggy denken, wenn sie Abfall, dann soll sie hier sterben und mit Abfall entsorgt werden!« Das Katzenmädchen schluckte heftig und fuhr fort, während Andy sie entsetzt anblickte! »Aber Peggy nicht gestorben, sondern bei Andy aufgewacht. Zuerst Peggy große Angst, dass Andy auch böse und Peggy wieder wehtun, aber Andy war gut, freundlich, hilfsbereit und lieb zu Peggy. Jetzt Peggy froh, dass nicht gestorben im Abfall«, sagte sie leise und schmiegte sich an den bestürzten jungen Mann.

»Ach Peggy, du Arme! Warst so verzweifelt, dass du nicht mehr leben wolltest! Wie kann man jemanden so weit treiben!«, sagte Andy mit rauer Stimme und feuchten Augen.

»Andy nicht traurig sein! Schlimme Zeit jetzt vorbei und Peggy glücklich mit Andy. Und Andy hoffentlich glücklich mit Peggy, oder Peggy zu große Belastung für Andy?«, fragte das Katzen-mädchen besorgt.

»Nein, du bist bestimmt keine Belastung für mich. Im Gegenteil! Du machst mich auch glücklich!«, bestätigte der junge Mann beruhigend und drückte Peggy liebevoll an sich. So schmusten die beiden noch eine Weile und tauschten Zärtlichkeiten aus, bis sie etwas später gemeinsam ins Traumland hinüberglitten.

Zugriff

Zwei Tage später stürmte die Polizei die Pharmafirma, nachdem Cychros zusammen mit seinem Team in einer raschen Aktion die Computer der Firma übernahm, wodurch die Firmenmitarbeiter den Zugriff auf ihre Rechner vollständig verloren! Die Hacker öffneten ferngesteuert die Firmentore und deaktivierten die Wächterdrohnen, worauf die Polizei in einer Großaktion das Firmengelände besetzte und sämtliche Mitarbeiter festnahm! Während eine Spezialeinheit der Polizei die unterirdischen Stockwerke durchsuchte, gefror ihnen das Blut in den Adern, als sie zahlreiche Katzenmädchen mit verschiedenen Entwicklungsstadien in gläsernen Brutröhren fanden! Mittlerweile entdeckten die Hacker die Daten der Gangster, aus denen hervorging, welche Personen Katzenmädchen kauften. Die Liste war lang und enthielt zahlreiche Verkäufe ins Ausland, weshalb die Polizei Interpol um Mithilfe bat. Leider waren auch Politiker unter den Käufern, die durch ihre Immunität gesetzlich nicht belangbar waren! Cychros veröffentlichte jedoch die Liste dieser Politiker im Weltnetz, wodurch die Regierungen gezwungen waren, die Immunität der Käufer größtenteils aufzuheben, um ihren Ruf und damit ihre Wiederwahl nicht zu gefährden. Gleichzeitig wurden in mehreren Ländern Drohnen eingesetzt, um die Peilsender der Katzenmädchen zu orten und dadurch ihren genauen Standort zu bestimmen. Somit konnten die meisten Katzenmädchen befreit werden! Doch was sollte mit den meist stark traumatisierten Mädchen geschehen? Zahlreiche von ihnen wurden in geheimen Sanatorien untergebracht, wo man sie gut geschützt von der Außenwelt medizinisch und psychologisch betreute, so dass ihre körperlichen und seelischen Wunden ungestört heilen konnten. Auch Peggy und Andy wurden in ein Sanatorium aufgenommen und erhielten dort vorläufig eine gemeinsame Bleibe. Jedoch bestand weiterhin das Problem, die Katzenmädchen von den implantierten Peilsendern zu befreien. Bei den festgenommenen Mitarbeitern der ehemaligen Pharmafirma fand sich auch der zuvor ermittelte Chirurg Simon Cox, der als einer der ersten verhört wurde.

*

»Doktor Cox, wir haben inzwischen genug Beweise, die belegen, dass sie vorrangig an der Klonung der Katzenmädchen beteiligt waren und diesen auch die Peilsender einsetzten. Verbotene Klon-experimente und Klonung menschlicher Wesen. Mithilfe in einer kriminellen Vereinigung zum Menschenhandel und Steuerhinter-ziehung in mehrfacher Millionenhöhe. Das reicht, um sie für den Rest ihres Lebens hinter Gitter zu bringen! Es sieht also ziemlich schlecht für sie aus!« Alex sah den Chirurgen mit ernster Miene an, während der Arzt schweigend den Blick gesenkt hielt. »Ich würde mich allerdings für eine Strafmilderung einsetzen, wenn sie bereit wären, den Katzenmädchen die Peilsender operativ zu ent-fernen. Sie müssten dann nicht ins Gefängnis, sondern würden vorerst mit einer elektronischen Fußfessel in einem Sanatorium wohnen und arbeiten. Wir stellen ihnen ein fähiges Operations-team zur Seite, mit deren Hilfe sie die Peilsender bei den Katzen-mädchen entfernen. Natürlich stehen sie dort ständig unter Beobachtung und haben nur eine eingeschränkte Handlungsfreiheit, aber das ist immer noch besser, als sich eine Gefängniszelle mit anderen Verbrechern zu teilen. Was sagen sie zu meinem Angebot?« Alex beugte sich nach vorne und sah dem Chirurgen in die Augen.

Der Arzt sah ihn überrascht an. »Ich muss wirklich nicht ins Gefängnis, wenn ich die Peilsender aus den Mädchen heraus-operiere?«, fragte Doktor Cox ungläubig.

»Darauf haben sie mein Wort!«, versicherte Alex. Frank nickte ebenfalls.

»Und was passiert mit mir, wenn ich alle Peilsender entfernt habe?«, fragte der Arzt.

»Das kommt auf ihr Verhalten an. Wenn sie kooperieren und nicht unangenehm auffallen, können sie als Arzt und eventuell als Chirurg in einem der Sanatorien weiterarbeiten. Sie werden allerdings weiter unter Beobachtung stehen, damit sie nicht wieder illegale Tätigkeiten beginnen. Falls sie jedoch Schwierigkeiten machen, schicken wir sie doch noch ins Gefängnis! Sie haben also die Wahl: Sie kooperieren mit uns und benehmen sich gut, dann behalten sie ihre Approbation als Arzt und können ihren Beruf mit eingeschränkter Handlungsfreiheit weiter ausüben, oder sie verlieren alles und landen für den Rest ihres Lebens in einer Gefängniszelle! Also, wie entscheiden sie sich?« Alex sah den Chirurgen herausfordernd an.

»Da muss ich nicht lange überlegen. Ich nehme ihr Angebot an!«, bestätigte Doktor Cox.

»Dachte ich mir doch, dass sie vernünftig sind.« Alex wandte sich an seinen Kollegen. »Frank, nimm ihm bitte die Handfesseln ab und zeig ihm, wo er sich umziehen kann. Ich organisiere inzwischen seinen Transport.«

»Mach ich, Boss!«, bemerkte Frank grinsend.

So wurde Doktor Cox noch am gleichen Tag in das Sanatorium gebracht, in dem auch Peggy und Andy wohnten.

Operationen

Wenige Tage später war alles für die Operationen vorbereitet. Die Katzenmädchen, welche körperlich und psychisch am stabilsten waren, erklärten sich bereit, ihre Peilsender als erste entfernen zu lassen. Peggy war wegen ihrer Unterernährung noch nicht unter ihnen. Dazu hatten ihr die Ärzte geraten. Doktor Cox wurde von drei weiteren Chirurgen unterstützt, die ihn genau beobachteten, um sofort einzugreifen, wenn der Arzt einen Fehler machte, oder versuchte, den Katzenmädchen zu schaden. Aber alles lief gut und die Mädchen wurden ohne Komplikationen von ihren Peilsendern befreit! Die Genesung dauerte etwa eine Woche, weil die Operation kompliziert und langwierig war, aber alle Katzenmädchen waren danach völlig gesund und konnten ihr Leben in dem Sanatorium weiter genießen. Inzwischen war auch Peggy so weit zu Kräften gekommen, dass sie die Operation wagen konnte. Zwar war die Gewissheit beruhigend, dass alle operierten Katzenmädchen den Eingriff problemlos überstanden, jedoch war Peggy trotzdem etwas mulmig zumute, als sie in ihrem Bett zum Operationssaal geschoben wurde. Andy lief neben ihr her und hielt ihre Hand.

»Brauchst keine Angst zu haben! Die Ärzte sind alle Spezialisten und haben die Operation schon oft durchgeführt. Du bist also in besten Händen!«, sagte Andy beruhigend und schenkte dem Katzenmädchen ein aufmunterndes Lächeln.

Peggy warf ihm einen dankbaren Blick zu und nickte tapfer.

Im Vorraum zum Operationssaal streichelte er Peggy über den Kopf und drückte nochmals beruhigend ihre Hand. »Ich bin die ganze Zeit nebenan und werde bei dir sein, wenn du aufwachst. Keine Sorge, alles wird gut!«, versprach er ermutigend. Peggy warf ihm noch einen letzten unsicheren Blick zu, als er den Raum verlassen musste. Kurze Zeit später wirkte das Beruhigungsmittel und Peggy schlief ein. Zu Beginn der Operation bekam das

Katzenmädchen jedoch einen massiven Allergieschock, weil sie eines der Narkosemittel nicht vertrug! Die Ärzte kämpften längere Zeit um das Leben ihrer Patientin, bis sie schließlich so weit stabilisiert war, dass der gewollte Eingriff durchgeführt werden konnte. Nach der Operation wurde Peggy auf die Intensivstation zur weiteren Beobachtung gebracht, um bei eventuellen Komplikationen sofort Gegenmaßnahmen einzuleiten.

Andy war verwundert, warum sich die Operation so lange hinzog, bis einer der Ärzte ihm mitteilte, was passiert war, und ihn anschließend zu Peggy geleitete. Der Anblick erschreckte ihn, als er das Katzenmädchen schlafend im Bett liegen sah, von zahlreichen Maschinen umgeben, die mit Kabeln und Schläuchen an ihrem zierlichen Körper hingen!

»Im Moment ist sie noch sehr schwach. Wenn sie die Nacht und den morgigen Tag gut übersteht, kann sie wieder zurück in ihr Zimmer. So lange bleibt sie zur Sicherheit hier«, erklärte der Arzt.

»Kann ich auch hierbleiben?«, fragte Andy besorgt.

Der Arzt schüttelte den Kopf. »Das geht leider nicht. Ich sage ihnen aber Bescheid, wenn Peggy aufwacht, dann dürfen sie kurz zu ihr.« Der Student nickte verstehend. »Versuchen sie zu schlafen. Es wird noch ein paar Stunden dauern, bis Peggy erwacht. Machen sie sich keine Sorgen. Sie wird rund um die Uhr beobachtet. Bisher sieht alles ganz gut aus«, erklärte der Arzt beruhigend.

»Danke für ihre Hilfe.«

»Keine Ursache! Dafür sind wir ja da«, bemerkte der Arzt mit freundlichem Lächeln.

Darauf wurde Andy von einer Krankenschwester zu Peggys Zimmer gebracht, wo ein Bett für ihn bereitgestellt war, damit er die Nächte neben Peggy verbringen konnte. Obwohl er müde war, konnte Andy lange nicht einschlafen, weil er sich Sorgen um seine Partnerin machte! Irgendwann schlief er doch ein, aber der erschreckende Anblick auf der Intensivstation, mit all den Kabeln, Schläuchen und Geräten verfolgte ihn bis in seine Träume und bescherte ihm eine unruhige Nacht.

*

Weil Andy so schlecht geschlafen hatte, stand er am nächsten Morgen schon sehr früh auf, duschte, kleidete sich an und lief dann nervös im Zimmer auf und ab, bis endlich die Krankenschwester hereinkam und ihn zu Peggy mitnahm. Das Katzenmädchen strahlte übers ganze Gesicht, als der junge Mann den Raum betrat, in dem sie lag. Sie hätte ihn am liebsten umarmt, aber die Kabel und Schläuche ließen das nicht zu, weshalb sie nur liebevoll seine Hand drückte, während er sie sanft streichelte.

»Wie geht's dir denn?«, fragte Andy besorgt.

»Danke! Peggy geht es gut. Ist nur noch sehr müde.«

»Hast du Schmerzen?«, wollte der Student wissen, worauf das Katzenmädchen den Kopf schüttelte.

»Peggy hat Hunger. Freut sich schon, wenn Andy wieder für sie kocht.«

Der junge Mann musste schmunzeln. »Da musst du leider noch ein paar Tage warten. Das Essen hier ist aber sicher auch gut.«

»Peggy wird probieren«, versprach das Katzenmädchen lächelnd.

»Kann ich irgendetwas für dich tun?«, fragte der Student.

»Danke! Peggy gut versorgt. Alle hier sehr nett zu Peggy. Trotzdem freuen, wenn wieder bei Andy sein«, worauf sie dem jungen Mann einen liebevollen Blick schenkte.

»Freue mich auch, wenn wir wieder zusammen sind. Vermisse dich!«, gab der junge Mann zu. Der Arzt gab ihm mit einer kurzen Geste zu verstehen, dass die Besuchszeit zu Ende war. »Ich muss jetzt gehen, bin aber immer in deiner Nähe. Brauchst keine Angst zu haben.« Der junge Mann streichelte sie nochmals und gab Peggy einen Kuss. »Werd' schnell wieder gesund.«

»Peggy wird sich Mühe geben«, antwortete das Katzenmädchen und drückte nochmals Andys Hand.

»Gute Besserung«, wünschte der Student mit liebevollem Lächeln, bevor er hinaus ging, wobei Peggy ihm sehnsuchtsvoll nachblickte.

»Tut mir leid, dass ich sie nur so kurz zu ihr lassen konnte, aber Peggy ist noch schwach und braucht viel Ruhe«, erklärte der Arzt.

»Ist schon in Ordnung«, antwortete Andy verständnisvoll.

»Peggy hat die Nacht gut überstanden. Ihre Werte sind in Ordnung. Wenn sie den Tag hindurch so stabil bleibt, bringen wir sie morgen früh wieder zurück in ihr Zimmer.«

»Das wäre prima!«, sagte Andy hoffnungsvoll.

»Dann werden wir der jungen Dame gleich etwas zu essen bringen«, bemerkte der Arzt zwinkernd. »Sie sollten auch zurück ins Zimmer, weil wir dort demnächst das Frühstück servieren. Ich werde sie im Laufe des Nachmittags über Peggys Zustand informieren.«

»Ist gut. Vielen Dank!«, sagte Andy, bevor er sich von dem Arzt verabschiedete und in Peggys Krankenzimmer zurückkehrte. Dort kam kurze Zeit später eine Pflegerin herein, die Andys Morgenmahlzeit brachte. Seltsamerweise leuchtete die Mitte ihrer Stirn.

»Bist du ein Roboter?«, fragte der junge Mann verwundert.

»Nein, ich bin eine GemAI, eine künstliche Intelligenz mit einem halborganischen Körper«, erklärte die Pflegerin freundlich.

»Ach so! Bitte entschuldige! Ich hoffe, die Frage war nicht unhöflich.«

»Kein Grund, sich zu entschuldigen«, sagte die GemAI. »Die meisten Menschen verwechseln uns mit einem Roboter, wegen der Kontrollleuchte auf unserer Stirn, die unseren Zustand anzeigt.«

»Ich wusste gar nicht, dass ihr auch in der Pflege tätig seid.«

»Wir sind in nahezu allen sozialen Bereichen aktiv. In der Pflege, in der Kindererziehung, im Haushalt, aber auch in der Industrie sind viele von uns tätig. Wir sind vielseitig einsetzbar«, antwortete die Pflegerin.

»Verstehe«, bemerkte Andy beeindruckt.

»Kann ich noch etwas für sie tun?«, erkundigte sich die GemAI.

»Danke, nein«, sagte der Student und schüttelte den Kopf.

»Dann wünsche ich ihnen einen guten Appetit und einen angenehmen Tag!«, meinte die Pflegerin mit freundlichem Lächeln, während sie das Zimmer verließ.

»Wünsche ihnen auch einen schönen Tag!«, gab Andy zurück, worauf sich die GemAI bedankte und die Türe schloss. Den Rest des Vormittags verbrachte der junge Mann mit Lesen und Spaziergängen in den Wäldern, die um das Sanatorium herum wuchsen und die Sicht auf die Gebäude einschränkten. Er erkannte auch einige der verborgen angebrachten Kameras, mit denen das Gelände Tag und Nacht überwacht wurde, weshalb Peggy und er sich hier sicher fühlten. Wie versprochen kam am frühen Nachmittag einer der Ärzte und überbrachte Andy die Nachricht, dass Peggys Zustand weiterhin stabil sei und sie am nächsten Morgen wieder zurück in ihr Zimmer durfte, worüber sich der Student sehr freute! In der folgenden Nacht schlief er wesentlich besser. Trotzdem stand er am nächsten Morgen schon früh auf, duschte und kleidete sich an, damit er bereit war, wenn Peggy zurückkehrte. Etwa eine Stunde später wurde das Katzenmädchen von einer Krankenschwester hereingeschoben.

»Du darfst aufstehen, sei aber bitte noch vorsichtig und schone dich, denn du bist noch schwach und brauchst Ruhe. Pass bitte auf, dass die Wunde nicht aufbricht. Bestimmte Bewegungen werden trotz der Schmerzstiller weh tun, deshalb bewege dich bitte vorsichtig. Wir werden dir weiterhin regelmäßig Schmerzmittel verabreichen. Falls du trotzdem stärkere Schmerzen bekommst, oder dich unwohl fühlst, dann benutz bitte den Rufknopf, damit wir dir gleich helfen können. Du kannst uns Tag und Nacht rufen. Wir sind immer für dich da«, erklärte die Krankenschwester freundlich.

»Peggy wird aufpassen und sich schonen«, versprach das Katzenmädchen. »Danke für Hilfe! Ihr alle sehr nett zu Peggy!«

»Gern geschehen! Dafür sind wir ja da«, antwortete die Krankenschwester. »Dann wünsche ich dir noch gute Besserung.« Sie drehte sich zu Andy. »Und du passt bitte auf, damit Peggy nicht gleich wieder übermütig wird und durch die Gänge saust«, bemerkte die Schwester halbernst.

»Ist gut, mache ich!«, versprach der junge Mann lächelnd.

»Wünsche noch einen schönen Tag«, sagte die Krankenschwester und wandte sich zum Gehen.

»Das wünsche ich ihnen auch«, antwortete Andy, worauf die Krankenschwester mit einem Wink das Zimmer verließ. Dann setzte er sich auf die Kante von Peggys Bett und nahm das Katzenmädchen behutsam in die Arme. »Bin ich froh, dass es dir besser geht und du wieder bei mir bist!«

»Peggy auch glücklich, wieder bei Andy zu sein.« Das Katzenmädchen schmiegte sich an den jungen Mann, obwohl die Bewegung schmerzte, aber Peggy war wesentlich schlimmere Schmerzen gewöhnt und wollte einfach nur ganz nah bei ihrem Partner sein.

»Habe mir echt Sorgen gemacht, als ich hörte, dass sie dich nach der Operation auf die Intensivstation brachten.«

»Tut Peggy leid. Wollte Andy keine Sorgen machen.«

»Schon in Ordnung! Du kannst ja nichts dafür, dass du das Narkosemittel nicht vertragen hast. Hauptsache dir geht es jetzt wieder gut und du erholst dich bald von dem Eingriff«, sagte Andy erleichtert.

So lagen sich beide noch erfreut in den Armen, bis eine Pflegerin kam und ihnen das Frühstück brachte. Darauf verbrachten beide einen ruhigen Tag, an dem Peggy immer wieder längere Zeit schlief. Am Abend sah Peggy traurig zu ihrem Partner hinüber.

»Peggy auf der Intensivstation alleine, ohne Andy schlafen. Peggy Andy neben sich vermissen. Jetzt wieder bei Andy, aber sein Bett so weit weg. Peggy möchte so gerne wieder direkt neben Andy schlafen.«

»Das lässt sich machen«, sagte der junge Mann, stand auf, löste die Bremse und schob sein Bett neben das von Peggy.

»Darf Andy das?«, fragte Peggy besorgt.

»Warum denn nicht. Ob das Bett weiter weg, oder neben dir steht, spielt keine Rolle. Außerdem möchte ich auch wieder direkt neben dir liegen«, sagte der junge Mann, stieg wieder in sein Bett und rutschte zu Peggy hinüber. Die strahlte ihn selig an und wollte sich zu ihm drehen, verzog dann aber schmerzvoll das Gesicht. »Bleib ruhig liegen, damit deine Wunde nicht aufreißt«, warnte der junge Mann, worauf Peggy sich wieder auf den Rücken drehte. Andy schmiegte sich an sie und legte einen Arm um ihren Oberkörper. »Gut so?«, fragte er, worauf Peggy ihn dankbar und liebevoll anlächelte.

»Danke! Das sehr schön! Jetzt Peggy sich wohl fühlen und besser schlafen.« Sie lächelte verschmitzt. »Peggy freut sich schon später wieder nackt neben Andy zu liegen«, flüsterte sie mit Verschwörermiene.

»Darauf freue ich mich auch schon«, antwortete der junge Mann schmunzelnd und streichelte seine Partnerin, die momentan ein Nachthemd trug, während er mit einem Schlafanzug bekleidet war. Beide tauschten noch kurze Zeit Zärtlichkeiten aus und schliefen wenig später mit einem glücklichen Lächeln ein.

Seltsame Ansichten

Tanja war inzwischen aus dem Zeugenschutzprogramm entlassen worden und wohnte wieder im Studentenwohnheim, wo sie gerade über ihren Laptop mit Cychros und Linda sprach.

»Wenn ich Andy in die Finger kriege, kann er was erleben!«, drohte sie verärgert.

»Warum bist du denn so sauer auf ihn?«, fragte Cychros verwundert.

»Anstatt Ferien zu machen musste ich wegen ihm in dieses blöde Zeugenschutzprogramm! Das war echt voll nervig!«, maulte Tanja verärgert.

»Da kann Andy nichts dafür. Ich habe nach dem Überfall auf seine Wohnung die Polizei gebeten, dich in den Zeugenschutz zu nehmen, weil ihr Kommilitonen seid und euch gut kennt. Somit bestand die Möglichkeit, dass die Gangster dich entführen, um Andy und Peggy freizupressen! Dabei wären sie sicherlich nicht zimperlich gewesen. Du kannst also froh sein, dass die Polizei dich versteckt hat, damit dir nichts passiert!«, erklärte Cychros.

Tanja zuckte zusammen. Nicht auszudenken, was die Gangster mit ihr gemacht hätten, wenn sie in deren Gewalt geraten wäre! »Na gut, aus der Warte hab' ich das noch nicht gesehen. Dann war der Polizeischutz ja ganz hilfreich«, antwortete Tanja kleinlaut.

»Allerdings!«, bemerkte Linda.

»Wo ist Andy eigentlich? Ich hab ihn seit Tagen nicht mehr gesehen. In seiner Wohnung ist er auch nicht und ich kann ihn telefonisch nicht erreichen«, erkundigte sich Tanja.

»Der ist mit Peggy an einem geheimen Ort untergebracht«, sagte Cychros.

»Was? Warum das denn?«, fragte Tanja verwundert.

»Die Polizei hat alle Katzenmädchen an geheimen Orten beherbergt, damit sie dort in Sicherheit leben können. Es besteht immerhin die Möglichkeit, dass weitere Gangster und Syndikate an den

Katzenmädchen interessiert sind. Deshalb hat man die Mädchen in geschützte Bereiche gebracht, wo sie vor diesen miesen Typen sicher sind. Weil Andy und Peggy unbedingt zusammen bleiben wollten, ist er mit ihr gegangen«, erklärte der Hacker.

»War ja klar, dass er der Kleinen nachlaufen würde«, brummte Tanja abfällig.

»Er ist ihr nicht nachgelaufen. Die beiden waren vorher schon zusammen! Sei also bitte nicht so gehässig, weil du eifersüchtig auf Peggy bist!«, schimpfte Linda.

»Was? Ich soll eifersüchtig sein auf dieses Katzenmädchen?«, entgegnete Tanja gereizt.

»Jetzt tu' nicht so ahnungslos! Du wolltest doch schon länger mit Andy gehen. Ich kenne dich gut genug! Jedes Mal wenn du auf einen Typen scharf warst, bist du plötzlich unfreundlich und giftig zu ihm gewesen. Das war bei Andy genauso! Was soll das eigentlich? Warum bist du so abweisend, wenn du jemanden magst?«, fragte Linda.

»Na ja, gut ich geb's zu, ich mag Andy. Ich wollte aber nicht, dass er's bemerkt. Schließlich soll er nicht glauben, dass ich so leicht zu haben bin!«, gab Tanja zu.

»Und deshalb bist du so abweisend?«, fragte Linda verständnislos.

»Die Jungs sollen sich ruhig mal anstrengen, um mich zu erobern«, bemerkte Tanja.

»Ach! Und wie sollen sie das machen? Sollen sie vor dir auf die Knie fallen, einen Drachen töten, oder dir die Sterne vom Himmel pflücken?«, knurrte Cychros.

»Hey, jetzt wirst du aber ganz schön fies!«, maulte Tanja.

»Er hat aber völlig recht! Du glaubst tatsächlich, dass die Männer sich auch noch Mühe geben und sich für dich zum Narren machen, während du abweisend und gemein zu ihnen bist? Echt jetzt? Tut mir leid, Tanja, aber so blöd ist wirklich keiner!«, versicherte Linda ärgerlich. »Mit der überheblichen Haltung wirst du nie einen Mann bekommen! Wenn du wirklich glaubst, so besonders zu sein, bleibst du sicher noch lange alleine!«

»Aber was soll ich denn sonst machen? Ich will doch bloß für meinen Partner besonders sein!«, fragte Tanja schüchtern.

Linda verdrehte die Augen. »Wenn dich jemand liebt, dann bist du sowieso besonders für ihn. Dazu muss er nicht erst eine Reifeprüfung ablegen! Sei doch einfach zur Abwechslung mal nett zu den Typen, die du magst, geh mit ihnen aus und hab einen schönen Abend. Wenn ihr euch beide mögt und gut zueinander seid, wird eure Beziehung automatisch zu etwas Besonderem! Kapierst du das?«

»Ja, ich bin ja nicht blöd!«, murrte Tanja.

Linda schluckte die boshafte Bemerkung herunter, die ihr auf der Zunge lag. »Dann ist's ja gut!«

»Wünsch dir noch viel Glück bei deinen zukünftigen Männerbekanntschaften«, meinte Cychros.

»Danke!«, antwortete Tanja verlegen. »Würdet ihr bitte Andy trotzdem einen Gruß von mir sagen, wenn ihr Kontakt zu ihm habt?«

»Klar, machen wir!«, versprach Cychros. »Wünsch dir einen schönen Tag.«

»Wünsche ich euch auch«, gab Tanja zurück und beendete das Gespräch.

»Gut, dass du ihr endlich mal die Meinung gesagt hast! Hoffentlich nützt es was«, sagte der Hacker zu seiner Freundin.

»Hoffe ich auch«, bemerkte Linda.

»Und was machen wir jetzt?«, fragte Cychros verschmitzt.

»Was hast du denn vor?«, sagte Linda schmunzelnd, während der Hacker sie auf seinen Schoß hob.

»Ganz schlimme Sachen!«, meinte Cychros zwinkernd.

»Bin dabei«, flüsterte Linda ihm liebevoll ins Ohr.

Erwischt

»Meine Güte, diese Frau ist kälter als ein Eisberg«, bemerkte Alex nach dem Verhör mit der Chefin der Gangsterbande, welche die Katzenmädchen erzeugte und verkaufte.

»Ich hab' auch schon Frostbeulen«, bestätigte Frank und schüttelte sich. »Wenigstens haben wir sie endlich geschnappt! Bei unserem letzten Großeinsatz, als wir die entführten GemAI befreiten, ist sie uns entwischt. Unglaublich, wie schnell diese schreckliche Frau eine so komplexe Organisation neu gegründet hat. Nachdem sie keine der künstlichen Intelligenzen mehr entführen und verkaufen konnte, hat sie die Katzenmenschen gezüchtet und mit der Abgabe an sehr finanzkräftigen Kunden extrem viel Geld verdient! Es wundert mich wirklich, wie sie das so lange unbemerkt durchziehen konnte. Ohne den Hinweis von einem deiner Informanten wären wir nie auf diese Gangster aufmerksam geworden. Nachdem Peggy später sogar die Flucht gelang und dein Bruder uns bei der Recherche geholfen hat, konnten wir die Bande endlich zerschlagen.«

»In dem Fall war es Glück, dass die Besitzerin von Peggy an einem Herzinfarkt starb und dem Katzenmädchen so die Flucht gelang. Damit hatten wir endlich den Beweis, dass diese Mädchen tatsächlich existieren! Obwohl Cychros mir meist einigen Ärger macht, war sein Einsatz diesmal sehr hilfreich! Unser Boss ist aber immer noch sauer, dass wir diesmal auf die Hilfe meines Bruders und seines Teams angewiesen waren«, sagte Alex.

Frank grinste breit. »Damals hätte er beinahe in die Tischkante gebissen, als ihm klar wurde, dass wir Cychros Hilfe benötigen, um die Bande auszuschalten.«

Alex nickte schmunzelnd, wurde dann aber wieder ernst. »Die unterirdischen Bauten der Pharmafirma müssen schon lange existieren. Ich frage mich, was dort vor den Katzenmädchen alles hergestellt wurde. Ich befürchte, da werden die kommenden Verhöre noch einige Überraschungen zutage fördern!«

»Da hatten solche Typen wie unser Doktor Cox sicher die Möglichkeit ihre perfiden, durchgeknallten Pläne in die Tat umzusetzen. Vor allem unter der Leitung einer so eiskalten Bandenchefin!«, bemerkte Frank.

Alex nickte nachdenklich. »Ich möchte erst gar nicht wissen, was solchen Spinnern als Nächstes einfällt und was sie zukünftig planen! Durch die Katzenmädchen kommt jetzt auch unsere Regierung in Schwierigkeiten, weil sie diesen künstlich erschaffenen Wesen sämtliche Menschenrechte zugestehen müssen! Die Mädchen in die Gesellschaft einzuführen, damit sie unter den Menschen leben können, wird auch schwer werden. Erstens wegen ihres Aussehens und zweitens wegen der Gefahr durch weitere Gangster und Syndikate, die sich für die Katzenmädchen interessieren könnten und übles mit ihnen planen!«

»Stimmt«, bestätigte Frank. »Gibt es inzwischen schon Pläne, was mit den Mädchen geschehen soll?«

Alex schüttelte den Kopf. »Das wird sicher noch lange dauern.«

»Die können die Mädchen doch nicht für den Rest ihres Lebens in den Sanatorien festhalten. Das wäre Freiheitsberaubung!«, schimpfte Frank.

»Da hast du durchaus recht, aber so unangenehme und komplizierte Themen werden gerne vor sich hergeschoben, oder man wartet, bis sie sich von selbst erledigen«, knurrte Alex.

»Du meinst, dass die Mädchen hoffentlich früh sterben«, sagte Frank verärgert, worauf Alex resigniert nickte. »Weiß man eigentlich, wie alt diese Katzenmädchen werden?«

Wieder schüttelte Alex den Kopf. »Wenn die Wissenschaftler diesbezüglich nicht eingegriffen haben, werden sie wohl so alt wie andere Menschen. Das werden die weiteren Verhöre zeigen. Vielleicht sollten wir auch unseren Doktor Cox dazu nochmals befragen.«

»Gute Idee!«, meinte Frank.

Unsichere Zukunft

Peggys Operationswunde verheilte rasch, so dass sie und Andy bald wieder in ihre Wohnung im Sanatorium zurückkehren konnten. Die staatliche Kommission, welche sich mit den Katzenmädchen befasste, kam bei der Diskussion um die Zukunft der Mädchen zu keinem brauchbaren Ergebnis, weshalb die Sanatorien weiterhin der einzige sichere Lebensraum für die Katzenmädchen blieb! Tatsächlich drangen immer wieder Menschen auf die Gelände vor, bei denen es sich aber meist um übermütige, etwas zu neugierige Jugendliche handelte. Jedoch gab es auch vereinzelt Versuche krimineller Organisationen die Katzenmädchen zu entführen, welche jedoch alle dank der leistungsfähigen Überwachungssysteme vereitelt wurden.

In dem Sanatorium, wo Peggy und Andy wohnten, gab es noch zweiundzwanzig weitere Katzenmädchen, denen alle ein Betreuer zugewiesen wurde. Einige der Mitarbeiter verliebten sich in die Katzenmädchen und wurden ein Paar, während andere meist wie Geschwister zusammenlebten. Durch die Größe der Anlage und die zahlreichen Einrichtungen konnte größtenteils ein Gefühl der Gefangenschaft vermieden werden. Außerdem versuchten die Mitarbeiter alles, um den Katzenmädchen die Zeit ihres Aufenthaltes möglichst angenehm zu machen, weshalb die Bewohner fast schon zu einer großen Familie zusammenwuchsen! Eines Tages wollten die Betreuer den Katzenmädchen das Schwimmen beibringen, weshalb sich alle nachmittags im Schwimmbad treffen sollten.

Peggy war etwas mulmig zumute, weshalb sie sich zuerst weigerte mitzumachen. »Peggy will nicht, dass andere ihre vielen Narben sehen. Das für Peggy peinlich!«, erklärte sie verlegen.

Darauf suchte Andy in ihrem Kleiderschrank nach passender Kleidung, fand schließlich einen Badeanzug, der den größten Teil des Oberkörpers von seinem Träger bedeckte, und reichte ihn Peggy. »Schau mal, dann wäre doch dieses Kleidungsstück ideal! Durch den sind die meisten deiner Narben bedeckt.«

Peggy sah den Badeanzug skeptisch an. »Narben auf Armen und Beinen sind aber trotzdem zu sehen.«

»Das ist richtig«, bestätigte Andy und umarmte Peggy. »Die meisten anderen Katzenmädchen sind aber auch misshandelt worden und einige haben deshalb Narben auf ihren Körpern. Auch die Betreuer wissen, was man euch angetan hat, deshalb gibt es keinen Grund, sich zu schämen. Ja, ich weiß, du hast die meisten Narben, aber daran wird sich niemand stören. Ganz sicher nicht! Brauchst also keine Angst zu haben, dass die anderen dich verspotten oder gemein zu dir sind. Niemand wird sich an deinen Narben stören, oder dich abstoßend finden. Dafür bist du nämlich viel zu hübsch!«, versicherte Andy mit liebevollem Blick und gab Peggy einen Kuss.

Das Katzenmädchen sah ihn dankbar an. »Danke! Das sehr lieb von dir!« Dann senkte sie den Blick. »Andere Katzenmädchen sind auch sehr hübsch und haben keine Narben. Manchmal hat Peggy Angst, dass Andy lieber so ein Mädchen haben will und Peggy nicht mehr mag...« Ihre Stimme brach und ihre Augen wurden feucht.

»Aber Peggy! So etwas solltest du nicht denken, oder habe ich dir in letzter Zeit das Gefühl gegeben, dich nicht mehr zu lieben?«, fragte Andy erschrocken.

Peggy schüttelte den Kopf. »Nein, Andy immer lieb zu Peggy gewesen«, flüsterte sie mit erstickter Stimme. »Aber jetzt, wo so viele hübsche Mädchen hier, hat Peggy Angst, dass sie vielleicht nicht mehr liebenswert ist...« Ihre Stimme brach erneut und sie begann leise zu weinen.

Andy drückte sie noch fester an sich. »Nicht doch, Peggy! Du bist mehr als liebenswert und wirst es auch immer sein! Ich habe mich schon lange dafür entschieden, mein Leben mit dir zu verbringen, weil du ein ganz besonderer Mensch bist und ich dich ganz arg lieb hab! Daran wird kein anderes Mädchen, wie hübsch es auch ist, etwas ändern! Keine Angst, ich will dich auf jeden Fall immer bei mir haben!«

Peggy blickte ihn mit Tränen in den Augen hoffnungsvoll an. »Du Peggy nicht wegschicken?«

»Nein, ganz sicher nicht! Dafür hab ich dich viel zu lieb und du bist mir so wichtig wie nichts anderes auf der Welt!«, versicherte der junge Mann, worauf sich Peggy an ihn schmiegte und sich mit erstickter Stimme für das Kompliment bedankte. Andy wartete geduldig, bis sich Peggy wieder gefangen hatte, schenkte ihr ein liebevolles Lächeln, streichelte sie sanft und wischte ihr schließlich die letzten Tränen aus dem Gesicht. »Keine Sorge, ich bleib ganz bestimmt bei dir!«

Das Katzenmädchen umarmte ihn nochmals glücklich. »Peggy hat Andy auch ganz arg lieb!« Darauf gab sie ihm einen Kuss. Nachdem sie sich kurz an ihn geschmiegt hatte, willigte Peggy schließlich ein, beim Schwimmunterricht mitzumachen. »Ist nicht schlimm, wenn Peggy Badeanzug trägt? Andere Mädchen kommen bestimmt im Bikini.«

»Ist doch völlig egal, was du anhast«, meinte Andy und begann zu grinsen. »Du kannst ja auch nackt baden gehen.«

»N ... nein ... nein ... besser nicht!«, stotterte Peggy verlegen und wurde rot.

»Wirklich nicht?«, fragte Andy schmunzelnd und ging mit Verschwörermiene auf seine Partnerin zu.

»N ... nein! Das macht Peggy nicht!«, antwortete das Katzenmädchen scheinbar ängstlich und wich zurück.

»Bist du sicher?«, fragte Andy grinsend und ging weiter auf sie zu.

»G ... g ... ganz ... sicher!«, stotterte Peggy und plumpste rückwärts gehend auf das Sofa, worauf Andy scherzhaft auf sie losging und versuchte, ihr das Oberteil auszuziehen, während Peggy es kichernd verhinderte. So rauften die beiden lachend auf der Couch, bis Peggy sich schließlich doch das Oberteil ausziehen ließ, sich auf das Sofa legte und Andy einen auffordernden Blick zuwarf.

Der zog ebenfalls sein Oberteil aus, legte sich neben Peggy, umarmte sie und drehte sich auf den Rücken, so dass seine Partnerin auf ihm zu liegen kam. Es folgte ein zärtlicher Vormittag, bis der Hunger ihr liebevolles Schmusen beendete. Einige Zeit nach dem Essen gingen beide schließlich zum Schwimmbad, zogen sich um und betraten die Schwimmhalle, wo schon einige der Katzenmädchen mit ihren Betreuern warteten. Wie erwartet störte sich niemand an Peggys Badekleidung und an ihren Narben. So brachten die Betreuer ihren Mädchen geduldig das Schwimmen bei. Danach wurde natürlich noch fröhlich geplanscht und herumgealbert, so dass ein recht vergnüglicher, nasser Nachmittag seinen Lauf nahm, an dem alle ihren Spaß hatten!

*

Am gleichen Abend saß Peggy nachdenklich neben Andy und sah ihn immer wieder verlegen an.

»Was ist los? Dich beschäftigt doch irgendetwas! Ich sehe es ganz genau, wie es in diesem Köpfchen rattert«, sagte der junge Mann schmunzelnd und tippte sanft auf Peggys Kopf, was dem Katzenmädchen ein Lächeln entlockte.

Sie druckste noch kurz herum, antwortete dann aber doch. »Peggy hat heute mit Shelby gesprochen, einziges Katzenmädchen, das nicht misshandelt wurde. Ihr Besitzer wollte oft Sex mit ihr haben, war dabei aber immer sanft und zärtlich zu Shelby. Deshalb sagt Shelby, dass Sex mit ihm sehr schön war, dass Sex immer angenehm, wenn Partner sanft und liebevoll ist. Andy weiß, dass Peggy Angst vor Sex hat, weil immer nur sehr weh getan da unten. Aber jetzt, wo Peggy von Shelby gehört hat, dass Sex mit zärtlichem Partner sehr schön ist, will Peggy wissen, wie sich das anfühlt.« Das Katzenmädchen senkte kurz verschämt den Blick. »Peggy hat immer noch Angst, aber wenn Andy langsam und sanft mit Peggy schläft, dann vielleicht Peggy keine Angst mehr vor Sex. Außerdem ist Andy immer so lieb und verständnisvoll zu Peggy. Deshalb möchte Peggy ihm gerne auch etwas Gutes tun und ihm angenehme Nächte mit Peggy schenken.« Das Katzenmädchen war rot geworden und sah Andy verlegen an. »Peggy will aber nicht zu viel verlangen, oder Andy verärgern«, flüsterte sie unsicher.

Der junge Mann sah sie gerührt an und nahm das Katzenmädchen in den Arm. »Ach Peggy, du bist wirklich total lieb!«, sagte er und streichelte seine Partnerin. »Wenn du das willst, dann schlafe ich heute Nacht gerne mit dir. Ich verspreche auch ganz vorsichtig und zärtlich zu sein, aber du musst mir auch versprechen, dass du mir sagst, wenn du trotzdem zu viel Angst bekommst, oder es dir zu unangenehm wird. Denn, wie du sagst, soll es ja ein schönes Erlebnis sein.«

Nun war Peggy von seiner Einfühlsamkeit gerührt und streichelte Andys Gesicht. »Danke! Das sehr lieb von dir!« Sie gab ihm einen Kuss. »Peggy wird sagen, wenn sie Angst bekommt.« Dann schmiegte sie sich an ihren Partner. Die beiden schmusten noch eine Weile, bis er Peggy bat, ihm beim Entkleiden zu helfen. Das Katzenmädchen wurde kurz rot, half ihm dann aber etwas schüchtern aus der Kleidung. Danach ließ sie sich von Andy ausziehen, der sie dabei bereits streichelte, liebkoste und mit sanften Küssen überzog. Anschließend trug er sie zum Bett, legte sie auf die Matratze und verwöhnte sie weiter mit allerlei Zärtlichkeiten, wobei der junge Mann immer wieder wie zufällig ihren Unterbauch streichelte. Peggy genoss das sanfte Liebesspiel, wobei sie seine Berührungen allmählich erregten und angenehme Wogen schönster Gefühle durch ihren Körper wallten. Jeder Kuss elektrisierte sie, jedes Streichen erzeugte neue Wellen angenehmer Empfindungen, bis er eine Hand zwischen ihre Beine schob, wodurch sie erschrak und instinktiv die Schenkel zusammenpresste. »Hey, alles gut, ich tu' dir nicht weh«, flüsterte Andy beruhigend.

»Peggy weiß, bekommt aber immer Panik, wenn sie da unten berührt wird. Bitte entschuldige!«

»Kein Grund sich zu entschuldigen. Du hattest schließlich genug schmerzhafte Erlebnisse und bist deshalb traumatisiert«, antwortete Andy verständnisvoll. »Sollen wir lieber nur miteinander schmusen?«

Das Katzenmädchen zögerte kurz, schüttelte dann aber den Kopf. »Peggy möchte heute mit dir schlafen und schafft das auch.« Sie atmete kurz durch, lockerte ihre Muskeln und breitete sogar ihre Beine ein wenig aus. Dann warf sie ihm einen auffordernden Blick zu.

So begann der junge Mann sie wieder zu liebkosen und als er diesmal seine Hand behutsam zwischen ihre Beine schob, ließ Peggy ihn gewähren, obwohl sie kurz zusammenzuckte, sich aber rasch wieder entspannte, während Andy sie zärtlich stimulierte und das Katzenmädchen erstmals wunderschöne Gefühle aus ihrem Unterleib aufsteigen fühlte! Seine elektrisierenden Küsse und die sanften Berührungen seiner Hände, die scheinbar überall waren, trieben immer wieder neue Wellen angenehmster Gefühle durch Peggys Körper, erregten sie zunehmend und erweckten das erste Mal den Wunsch nach mehr! Andy erfüllte ihr diesen Wunsch gerne und nahm sie mit auf einen wunderschönen Weg, der Peggy noch nie erlebte Höhenflüge bescherte und sie gleichzeitig in einem Ozean angenehmster Emotionen versinken ließ, bis sie kaum noch Kontrolle über ihren Körper hatte! Als er in sie eindrang, schien sie vor Glück zu explodieren, doch die wunderbare Reise war noch lange nicht zu Ende und verursachte immer neue, größere Wogen der Wonne und immense Glücksgefühle! Peggy genoss es sehr, auf den immer höher werdenden Wellen des Glücks zu reiten, die sie nie zuvor erlebt hatte, bis sie schließlich in einer gewaltigen Explosion der Wonne in allergrößte Höhen hinauf geschleudert wurde, als sie den Zielpunkt erreichte, dort scheinbar im Feuer der Leidenschaft verbrannte und dann langsam wieder herabsank, bis sie sich in der

Geborgenheit von Andys Armen wiederfand, wo sie allmählich die Kontrolle über ihren Körper und Geist zurückgewann. Nachdem sie sich wieder etwas gefangen hatte, stiegen Freudentränen in ihre Augen und sie umarmte den jungen Mann überglücklich! »Danke! Das war wunderschön...«, worauf ihre Stimme brach und sie vor Glück leise weinte. Wieder taten Andys Nähe, der Griff seiner starken Arme und sein zärtliches Streicheln unsagbar gut und heilten wieder ein Stück von Peggys gemarterter Seele. Als sie sich schließlich wieder beruhigt hatte, genoss sie weiterhin die großflächige Berührung von Andys nackter Haut und schmiegte sich an ihn, während sie ihm ein liebevolles Lächeln schenkte. *»Shelby hatte recht! Sex mit einem sanften, liebevollen Partner war wirklich sehr angenehm«*, dachte Peggy amüsiert und küsste den jungen Mann leidenschaftlich.

»Danke! Jetzt Peggy keine Angst mehr vor Sex«, flüsterte sie.

»Freut mich, wenn es schön war und du es genießen konntest«, antwortete Andy und gab ihr einen Kuss.

»Oh ja, Peggy hat sehr genossen und möchte es schon bald noch einmal erleben und genießen«, bemerkte das Katzenmädchen ein wenig verlegen.

»Das lässt sich machen«, meinte Andy mit Verschwörermiene, drehte sich herum, so dass Peggy erneut unter ihm zu liegen kam, was dem Katzenmädchen ein Kichern entlockte. Dann umarmte sie ihren Partner, schmiegte sich an ihn und warf ihm einen auffordernden Blick zu, auf den Andy nur gewartet hatte! So begann ihr zärtliches Liebesspiel von vorn, das sich noch mehrmals in dieser Nacht wiederholte, bis beide am frühen Morgen glücklich ins Traumland wechselten.

Freche Mädchen

Shelby, die als Einzige nicht misshandelt wurde, war das fröhlichste und lebhafteste Katzenmädchen. Deshalb nützte sie ihre neue Freiheit bald schon zu frechen Streichen, die sie den Sanatoriumsmitarbeitern spielte. Vier weitere Katzenmädchen, die keine so schlimmen Erfahrungen in ihrer Vergangenheit machten, waren bald schon ihre Verbündeten und halfen fleißig mit bei dem Schabernack. So lief Nora eines Tages zu Theo, dem jüngsten Betreuer des Institutes, und bat ihn scheinbar aufgeregt mit in den Garten zu kommen, wobei sie nur ein Handtuch um sich geschlungen hatte. Als der junge Mann dort ankam, ließen alle fünf Mädchen ihre Handtücher fallen und standen gänzlich unbekleidet mit verführerischem Lächeln vor ihm.

»Cremst du uns den Rücken ein?«, fragte Shelby schmeichlerisch.

Theo stemmte in gespielter Empörung die Arme in die Seiten und warf den Mädchen einen strafenden Blick zu. »Das darf ja wohl nicht wahr sein!«, polterte er schmunzelnd. »Cremt euch gefälligst gegenseitig ein! Und wenn ihr mich nochmals foppt, dann ziehe ich euch die spitzen Ohren noch länger!«, drohte er scherzhaft, machte auf der Stelle kehrt und stampfte kopfschüttelnd zurück ins Gebäude, wobei ihn das Gekicher der Mädchen begleitete.

Ein anderes Mal lauerten die Mädchen dem Gärtner auf und spritzten ihn mit dem Gartenschlauch ordentlich nass. Doch kurze Zeit danach erhielten sie eine Retourkutsche, weil sich die Betreuer heimlich mit Wasserspritzpistolen bewaffneten und damit die Mädchen durch den Garten jagten, bis sie ebenfalls durchnässt waren. Doch das hielt die Mädchen nicht davon ab, den Mitarbeitern hin und wieder weitere Streiche zu spielen, die das meist schmunzelnd hinnahmen, um den frechen Mädchen auch manchmal Fallen zu stellen, so dass die Katzenmädchen selbst den einen oder anderen Denkzettel kassierten!

Überraschungen

Eines Tages nach dem Mittagsessen bat der Leiter des Sanatoriums die Katzenmädchen und ihre Betreuer um Aufmerksamkeit. »In zwei Tagen werden zehn weitere Personen in dem Sanatorium untergebracht. Es handelt sich um fünf Mädchen und ihre Betreuer. Es sind aber keine Katzenmädchen. Bisher habe ich noch keine weiteren Informationen über die neuen Bewohner. Sie werden jedoch in einem anderen Areal untergebracht, so dass ihr ihnen wohl vorerst nicht begegnen werdet. Mehr weiß ich im Moment nicht. Sobald es neue Informationen gibt, werde ich sie euch mitteilen. Somit ändert sich für euch erstmal nichts«, beendete der Leiter seine kurze Ansprache.

»Haben sie wirklich keine weiteren Informationen über die neuen Bewohner? Normalerweise wird dieses Sanatorium als besonders gesicherte Unterkunft benutzt, was bedeutet, dass die neuen Bewohner ebenfalls Schutz suchen. Wissen sie wenigstens vor wem und warum sie geschützt werden müssen? Können sie eventuell zu einer Gefahr für uns werden?«, fragte Theo verärgert.

»Dazu kann ich ihnen im Moment keine Auskunft geben, aber ich garantiere ihnen, dass sie alle hier weiterhin absolut sicher sind!«, antwortete der Sanatoriumsleiter ausdruckslos.

»Hoffentlich!«, bemerkte Andy wenig überzeugt, worauf der Leiter eilig den Speisesaal verließ.

Es folgten in den nächsten beiden Tagen zahlreiche Gespräche und Diskussionen unter den Bewohnern des Sanatoriums, wodurch sich eine gewisse Unruhe ausbreitete. Die seltsame Ankündigung des Sanatoriumsleiters und sein penetrantes Schweigen verunsicherte alle. Schließlich wurde nur noch bekannt gegeben, in welchem Wohnblock die neuen Bewohner untergebracht wurden. Der war ein größeres Stück vom Wohnblock der Katzenmädchen entfernt. Es wurde jedoch kein Verbot ausgesprochen, sich den neuen Bewohnern zu nähern und mit ihnen Kontakt aufzunehmen, was für ein wenig Beruhigung sorgte.

*

Drei Tage später, waren die neuen Bewohner immer noch nicht angekommen, was erneut Unsicherheit und Spekulationen auslöste. An diesem Morgen lief Lina durch deren leeren Wohnblock. Das Katzenmädchen hatte zuvor Schlimmes erlebt! Es war von den beiden Kindern ihrer Besitzer täglich stundenlang brutal gequält worden. An den Wochenenden beteiligten sich auch deren Eltern an den Misshandlungen, die jedoch nicht so grausam waren, wie die der Kinder. Lina hatte diese schreckliche Tortur nur überlebt, weil sie sich in der wenigen Zeit, in der man sie in Ruhe ließ, in eine andere, schönere Welt träumte, wo sie nicht ständig gefoltert wurde! Als sie endlich nach knapp einem Jahr befreit wurde, fand man das Katzenmädchen zitternd, verstört und völlig verängstigt in ihrem dunklen, engen Kellerverlies angekettet liegen! Seitdem fürchtete sich das Mädchen vor allen Menschen, vor allem vor Kindern, und ertrug keine engen Räume! Deshalb blieb sie auch im Sanatorium eine Einzelgängerin, die kaum ein Wort mit den Mitarbeitern und anderen Bewohnern wechselte. Am liebsten streifte sie alleine durch leere Gänge und möglichst große Räume, wo sie sich meistens in eine Ecke verkroch und lange Zeit vor sich hin träumte. Dabei vergaß sie oft die Zeit und kam deshalb meistens zu spät zum Essen oder zu Veranstaltungen. Aufgrund ihrer schrecklichen Vergangenheit hatte jedoch jeder Verständnis für diese Angewohnheit und ließ das Katzenmädchen in Ruhe. So erreichte sie heute den großen Speisesaal der neuen Bewohner, setzte sich hinter einem Pfeiler auf den Boden und träumte sich wieder einmal in ihre eigene Phantasiewelt. Das letzte, was sie wahrnahm, war ein furchtbar lauter Knall und schreckliche Hitze. Dann wurde ihr zierlicher Körper von einer heftigen Explosion zerfetzt!

*

Die Detonation war so heftig, dass im Areal der Katzenmädchen der Boden bebte und im vollen Speisesaal mehrere Fenster zu Bruch gingen! Glücklicherweise wurde niemand von den Scherben verletzt. Darauf eilten viele der erschrockenen Anwesenden zu den noch intakten Fenstern, von wo aus man eine große Rauchwolke im Areal, welches für die neuen Bewohner bereitstand, erkennen konnte. Wenig später raste die institutseigene Feuerwehr mit heulenden Sirenen vorbei, ging dort in Stellung und begann mit den Löscharbeiten, die sich über mehrere Stunden hinzogen! Als der Brandmeister und sein Team nach dem Feuer erste Untersuchungen durchführten, fanden sie im abgebrannten Speisesaal die Überreste einer Rakete, womit klar war, dass es sich um einen Anschlag auf das Leben der neuen Besucher handelte! Das erzeugte natürlich erst einmal einen großen Schreck bei allen Bewohnern und Mitarbeitern des Sanatoriums und führte zu der Frage, welcher Gegner, der so schwere Waffen besaß, die neuen Besucher entweder warnen oder gar auslöschen wollte! Das schürte verständlicherweise weitere Ängste, zu denen sich auch noch ein Trauerfall hinzufügte, denn man fand im zerstörten Speisesaal die verkohlten Überreste von Lina! Diese wurden etwas später am Waldrand in einem kleinen Grab zur letzten Ruhe gebettet. Die überlebenden Katzenmädchen pflegten und schmückten die Ruhestätte liebevoll und beweinten dort häufig den Tod des jungen Mädchens. Waren sie nun ebenfalls in Gefahr? Immerhin kam durch ihre Befreiung ein sehr dunkles Kapitel von äußerst einflussreichen Leuten ans Licht, welche sicher die Zeugen ihrer finsteren Taten nur allzu gerne loswerden wollten! Die scheinbare Sicherheit des Sanatoriums schwand mit diesem Gedanken und machte es sogar zur Zielscheibe, was durch den Raketenangriff deutlich erkennbar wurde! Somit war die unbeschwerte, fröhliche

Zeit der Katzenmädchen und ihrer Betreuer erst einmal beendet und Angst machte sich breit, dass sie vielleicht bald die Opfer eines weiteren Angriffs sein sollten! Die Position der Sanatorien, in welchen man die Katzenmädchen untergebracht hatten, waren absichtlich geheim gehalten worden und nur sehr wenigen Menschen bekannt. Trotzdem hatte es einen Angriff auf dieses Sanatorium gegeben! War es nur eine Warnung, eine Drohung, oder stand ein weiterer Angriff unmittelbar bevor? War eine Flucht aus dem Sanatorium sinnvoll, oder würde man sie finden, egal, wo sie sich versteckten? Diese und andere Fragen um ihre Zukunft und ihre Sicherheit waren an der Tagesordnung und begleiteten seither das angstvolle, unsichere Leben in den Mauern des Instituts, das zur neuen Heimat der Katzenmädchen geworden war. Sollte es auch zu ihrem Grab werden? Darauf wusste im Moment niemand eine Antwort...

Danksagung

Mein Dank gilt vor allem meinem langjährigen Freund und Kollegen Ralf, der stets ein geduldiger Zuhörer und Ratgeber und Korrektor war! Seine zahlreichen guten Ideen und Vorschläge waren mir eine sehr große Hilfe!
Auch bei meiner Frau möchte ich mich bedanken. Ohne ihre ständige Unterstützung wäre dieses Projekt nicht möglich gewesen!

Michael Kerawalla wurde 1963 in Indien geboren und migrierte als Kind nach Deutschland. Er ist Diplom-Biologe und hat mehrere Jahre als Organisations-Programmierer gearbeitet. Nach dem Verlust des Arbeitsplatzes folgte er seiner Berufung als Autor.
Er lebt heute zusammen mit seiner Frau in der Nähe von Stuttgart.

Von Michael Kerawalla sind bisher folgende Bücher erschienen:

Fantasy:

Wuun-Reihe*:

Eine Fantasy-Romanreihe über die idyllische Welt Wuun und deren Bewohner, die immer wieder von dunklen Mächten bedroht und von diesen oft genug an den Rand ihrer Existenz gebracht werden.

> **Titel:**
> Stein der Finsternis (leider vergriffen)
> Turoon – Der Ozean-Planet   (auch als englische Ausgabe:
>   Turoon – The Ocean Planet)

Jibby-Reihe*:

Eine Fantasy-Romanreihe über die Abenteuer einer einstmals misshandelten Elfe und ihrem menschlichen Partner.

> **Titel:**
> Die einsame Elfe

Science-Fiction:

Homoroid-Reihe**:

Eine dystopische Science-Fiction Romanreihe über ein Mädchen mit künstlicher Intelligenz in einer postapokalyptischen Welt.

> **Titel:**
> Timuris Auftrag

GemAI-Reihe**:

Eine Science-Fiction Romanreihe über gütige künstliche Intelligenzen, die von den Menschen großes Leid erfahren.

> **Titel:**
> Die missachteten Engel

Mädchen:

Mio-Jana-Reihe**:

Eine dramatische, bittersüße Girls-Love Geschichte um zwei siebzehnjährige Mädchen und ihr harter Kampf ums Überleben, um ihre Liebe und ihre Zukunft.

> **Titel:**
> Immense Liebe und Angst (illustriert)
> Gefahr, Erlösung und neue Wege (illustriert)

Weitere Bände der einzelnen Reihen sind in Vorbereitung. Alle Bücher sind auch als E-Book erhältlich.

* Die Bände der Reihe sind in sich abgeschlossen und können unabhängig voneinander gelesen werden.

** Die Bände der Reihe bauen aufeinander auf.

Kurzgeschichten:

Zusammen mit dem Autor Ralf Neubohn sind folgende Kurzgeschichten-Bände erschienen:

Titel:
Im Tal der Autoren
Flammenfeder live von der Gartenschau
Die Gartenschau im Rampenlicht
Galaabend für die Gartenschau
Herzlich willkommen Gartenschau
Gartenschau Phantasie
Abschiedsvorstellung für die Gartenschau
Gartenschau Magie
Weihnachten mit dem Literarischen Kleeblatt
Auf der Suche nach dem verlorenen Osterei
Das Comeback des geheimnisvollen Alpakas
Premieren-Abend mit Alpaka und Phönix
Geheimnisvolle Banshee
Die Macht der Banshee

GemAI, jene künstlichen Intelligenzen, die sich äußerlich kaum mehr von einem Menschen unterscheiden, verfügen über ein hohes emotionales Potenzial, sind stets geduldig, verständnisvoll, höflich, freundlich, hilfsbereit und zeigen kaum Aggressionen. Sie sind vor allem bei den besser gestellten Familien anzutreffen und meist vollständig in die Gemeinschaft integriert. Diese halborganischen Wesen fallen auch niemals negativ auf, begehen keine Verbrechen oder schädigen die Menschen. Jedoch wird ihnen gerade ihre angenehme und einfühlsame Art oft zum Verhängnis, denn es macht sie zu wehrlosen Opfern von profitgierigen Ausbeutern, Schlägern und Gesetzlosen.

Diese Erfahrung macht auch Patrick, der mit einer solchen künstlichen Intelligenz zusammen für eine Firma arbeitet, welche die Wartung und Reparatur von GemAI übernimmt. Schon bald muss der empathische junge Mann miterleben, welche zahlreichen Missstände und Gefahren den GemAI von vielen Menschen drohen, die gegenüber diesen liebevollen, halborganischen Wesen alles andere als freundlich eingestellt sind! Beeindruckt von der großen Menschlichkeit und Güte der GemAI nimmt der junge Mann schließlich den Kampf für den Schutz, den Respekt und die Anerkennung der künstlichen Intelligenzen auf. Doch zahlen er und seine Partnerin einen hohen Preis für ihren Einsatz!

Der Klimawandel verursachte extreme Wetterphänomene und dadurch groß-räumige Zerstörungen auf der Erde. Übrig blieben halb zerfallene Städte und Siedlungen, in denen zahlreiche Überlebende ein entbehrungsreiches Leben führten, bestimmt von Anarchie und Gewalt. Der große Rest der Menschheit ließ ihren Geist jedoch vom Lörper lösen und existierte nun in der Cyberwelt von *Hope of Mankind* (HOM) weiter, einem riesigen Computer-Netzwerk. Dessen oberste Intelligenz Cyrus entwickelte ein eigenes Bewusstsein und begann die Geister der Menschen zu versklaven. Nach zahlreichen Hacker-Angriffen von außen sendete Cyrus Timuri, ein Mädchen mit künstlicher Intelligenz aus, um die Angriffe zu stoppen. Doch schon beim ersten Einsatz erkrankt Timuri schwer und wird von den Menschen der Rakanjo-Siedlung gerettet. Zuerst fällt ihr der Umgang mit den Menschen schwer, die sie für Barbaren hält. Doch bald schon wendet sich das Blatt, und Timuri muss sich zwischen den Menschen und Cyrus entscheiden, der seine Macht rasch ausbaut und droht, sämtliche Erdbewohner zu versklaven.

Eine dystopische Geschichte über künstliche Intelligenz, Anarchie, Machtmissbrauch und Menschlichkeit.

MIX

Papier | Fördert
gute Waldnutzung

FSC® C083411

Zeitfracht Medien GmbH
Ferdinand-Jühlke-Straße 7
99095 Erfurt, Deutschland
produktsicherheit@kolibri360.de